吴邪的私家笔记

盗墓笔记

南派三叔 著

金城出版社
GOLD WALL PRESS
·北京·

再版序

这本书很有意思，最开始谋划的时候，只是想把《盗墓笔记》里的东西设计出来，结集成册。本来应该全部都是图画的，结果排版的时候，怎么排都不够好，于是编辑和我说，你写一点文字吧。

当时绞尽脑汁，最后想了半天，说写一点老九门的设定和小故事吧。

于是在飞机上就写了一些，在一个廉价宾馆完稿。这些文字是最早关于老九门的文字，没有想到反响很好，于是接着写了很多的短篇。最终，有了整个老九门的故事体系。

我的人生中有很多机缘巧合，都能长成我自己想象不到的东西。规划出来的，反而经常不如人意。后来我总结，人对于自己努力设计的计划，总是报以巨大的期望，越是自己感觉越努力的，越是希望它的结果越好，结果往往不尽人意。而偶然所得，出现的时候，已经是超过预期的效果，就都是幸福。

如今我更愿意相信人生是守恒的，今天的努力未必会在你规定的时间回报你，但一定会在未来落到你身上。老九门的机缘巧合，说不定也是之前的子弹飞了一会儿，终于打中了目标吧。

总之要感谢这本书，开始了张启山、二月红这些鲜活的人物，如今再版也是我从读者各种私信中，发现这本书断档很久。因为书中的图片版权不在我手，于是重新画了里面的插画，也增添了很多文字。

《吴邪的私家笔记》一书，其图文混排以及比较自由的创作模式，让我可以将很多在本传中不可能出版的段子、小品放入其中。这些小文章都是写给最铁的读者，我常不自信地认为，不用小说笔法写就的随笔故事，可能会让只想读小说和新故事的朋友反感，觉得我在用段子书骗钱，在这本书里，我可以省去这种焦虑。我觉得，不喜欢这个平行世界，不喜欢这些人物，对这个故事不太了解的人，应该不会来买这一本书。

此外，我还希望提供本传勾连紧张之外的，另一种阅读状态，就好像看八卦小报一样，去看一看那个世界中，比较轻松的部分。

人生几大乐事，出书算一种，再版更是，再来一本，心情愉快。

南派三叔

目录 CONTENTS

写在一切之前

我们家从爷爷开始有记笔记的习惯，我三叔也有，但我三叔的运动轨迹诡秘，好似性格上，也没有爷爷在大时代洪流下动荡过后造就的超然的镇定和有序。三叔的笔记本，我常在他到过的地方的各种犄角旮旯里发现。用纸都不一样。虽然都给了我线索，但线索凌乱，记录混乱随意。

我大概能猜到，他和小朋友写日记一样，时常忽然有冲动，想要好好地写一点日记，但就三分钟热度，再想起来的时候，早先的笔记本找不到了，于是只好重新换一本，重新鞭策自己，但很快又故态复萌，周而复始。

我和我三叔是相似的，一本笔记本，姣好的封面和纸张，看上去充满了记录的欲望，但写了前面几页，后面就都是空白，收拾的时候往往能找出好几本这样的。

这一本笔记，我希望不是这样的结局，因为记录它的初心意义非凡，我希望可以把它装订到爷爷的《盗墓笔记》后面，把那本最老的《盗墓笔记》中的世界，继续延续下去。爷爷通过《盗墓笔记》，告诉了别人，自己不是普通人，自己也曾经拥有波澜壮阔的人生；我也希望这本笔记，可以记录我的那些至今无法忘记的岁月。

引　子

这件事情的起因，在 2003 年的 2 月 1 日，一个金牙老头在快打烊的时候到我店里来问爷爷的事情。

当时我留了个心眼，没怎么搭理他，不过这事情怎么看怎么奇怪。爷爷的事情我们家里压下去已经快六七年了，再没人提过，为何这个金牙会突然问起来？

看他那派头和讲话的腔调，不是善茬。

后来隔壁的钱老板告诉我，他认识来我店里的那个金牙老头，那家伙臭名远扬，名字叫金万堂，是北京新月饭店的老庄客。

新月饭店是潘家园的升级产品，有了家底的倒爷盘口都开在那边，不用风餐露宿，也不用和雷子正面冲突。我的资历不够还没法进去，只是有一些耳闻。据说里面随便一件东西放上台面都是翻着金砖的买卖。

这家底厚实的老家伙跑到江南，到我这么一个屁股大的店铺里来套磁，究竟是何居心？当时我告诉自己有机会要查一查，不过这个念头转眼就被我忘了。做我们这一行的，怪人怪事太多，开个古董铺也不得安生，我不是很在乎这点破事。

那一天我颇有点感慨。说起来我的境遇很惨淡，隔壁楼外楼开了外堂，还有了点心加工厂，连领班都是开着小车来上班，我却每个月省吃俭用给手下发工资，老板当得非常窝囊。当时想做古董的还没开饭馆的风光，这是什么世道，不如说服我老爹，把这店盘了开饭馆得了。当然我只是随便说说，没想到之后会发生这么多事情，如果能早知道，我就一把火把我家店铺烧了，以绝后患。

但我们不可能预知未来的事情，所以最后我不可避免地陷了进去。然后越陷越深。

即使如此，我也没有想过，我之后必须用这种方式来理清楚整件事情。

这些文章写于事情发生的整个过程中，虽然现在结局仍旧不明朗，但是这些记忆中的点滴，现在回头看来，也颇有一番风味。现在整理出一些东西来，以便之后查阅，终究我会得到答案，我坚信并且坚持。

老长沙的九门提督，
外八行的无人不知，无人不晓。
这些盗墓贼家族，势力庞大，
涵盖文物走私的所有环节，
几乎所有的明器，
流出长沙必然经过其中某一家。

第一卷

老长沙
老九门

九门提督

我爷爷乃至我这辈的事情，源头大约是在老长沙。从镖子岭到裘德考，当年埋下的种子，似乎是到了我这一代才终于长成。为了对长沙当年的风土人情有一个集中的了解，我理出爷爷笔记中关于九门提督的一些内容，配合之前爷爷和我说的大量趣事，现在回头读来，颇有感觉。

老长沙的九门提督，外八行的无人不知，无人不晓。这些盗墓贼家族，势力庞大，涵盖文物走私的所有环节，几乎所有的明器，流出长沙必然经过其中某一家。为何称呼为九门提督，有多种说法，其中最被认可的是，因为古代大城都有九个城门，来往的客商进出城必须选择其中一个，而九门提督取的就是这个意思。在长沙城里做买卖，你只能在这九大势力中选择一个，没有其他路可以走。

我了解的这几个奇人的事情并不多，爷爷不希望我知道太多他们过去的事情，这些人做的事情在道内是美谈，在道外说出来就是劣迹。

老九门和新九门几乎没有什么可比性，新九门大部分都是自封的，而老九门确确实实是靠口碑一点一点传出来的。

在那种信息闭塞的年代，要使人口口相传，必须要有极度特别的经历。可以想象这些人到底是到了什么程度，才能在民间排出这个排位来。

九门分了三个部分，上三门都是家道殷实的老家族，而且正式的身份大体已经漂白，有门面上的正当买卖，而且在官面上势力庞大，倒斗主要靠自己的伙计。上三门有一些极度厉害的伙计，身手极好而且忠心耿耿，但是这些伙计的逐渐老去也使得上三门日渐没落。

平三门是夹喇嘛的主力，都是些孤胆英雄，手下最多几个徒弟，整天在山里走的就是这些人。这些人都比较年轻，而且贪欲很重，杀人越货什么都干。他们的名声是靠拼杀出来的，所以也没有什么顾虑。后来发生的大案子都和这批人有关系。

下三门，都是已经往古董商靠的商人，主要以倒卖为主，虽然功夫不弱但是不太自己活动。下三门和平三门来往关系密切，而上三门规模太大，无利给下三门分，所以上三门和下三门几乎没什么往来。

如果要用一个字来概括的话，上三门就是这一行当里的“官”，平三门就是“贼”，而下三门就是“商”。

上三门

上三门的三位老当家，都是赫赫有名的老瓢把子，这三家可以说是当时道上说一不二的人物。说他们是土夫子，可能有点屈就，因为当时他们家族的势力已经类似于一些小军阀。自秋收起义开始，这三家的人大部分都投身了革命，这个不方便多说。

张大佛爷

张大佛爷叫张启山。张家是长沙第一大家，因为家里有一尊不知道从哪里运来的大佛，因此得了个外号叫“大佛爷”。张启山的风水造诣十分高深，和南派盗墓的风格很不相同，是南迁的北人。江湖传说，张启山能看三代土，他站在山上，一眼看去，这山三百年前是什么样子，三百年后是什么样子，都能了然于胸。所以张家所发的大冢，别人都找不到，往往能得一些奇宝。张启山手上的镯子就是从“粽子”身上受过来的，叫作二响环，敲一下，这实心的玉镯子能响两下，珍贵得紧。环上还有一个铭记。张大佛爷认为这肯定是对镯，还有一只配对，于是千金求镯，想配成“三连响”，一时传为美谈。

张大佛爷最传奇的故事，就是带着家眷从东北逃到长沙的经历。东三省沦陷之前，张大佛爷还是一个毛头小伙子，他的老爹已经预感到形势不妙，早先把女眷送到长沙的岳父家，自己打点

营盘细软，准备和儿子及几个伙计等船顺长江下去。

但是还没等到船，日本人就打来了，张大佛爷被困在东北的乡村里。为了冲出包围圈，他们偷过边界，结果他老爹被机关枪打死，他和几个伙计全部进了集中营。

当时进这种地方就是意味着要被带到黑龙江挖煤矿。那便是永无出头之日，必死无疑。而且日本人看管很严，基本上逃跑的人都被抓回来直接用刺刀捅死，很少有人能成功逃跑。

张大佛爷潜伏在那里，仔细地观察，就发现那些人逃不掉的原因，主要是日本人的狗太厉害。集中营在一座山上，山上山下都有岗哨。山上多灌木，看似很好逃跑和躲藏，但是一路过来会留下很重的气味，日本人的狼狗一放，怎么躲都会被找到。

他还发现，日本人只追两天，如果追不到人，他们就放弃了，因为两天的时间，足够你进到深山里面，那里树木参天，地域太广，狗就没有用处了。

所以他琢磨着，要想成功地逃出去，必须找到一个能躲两天，让狗找不到的地方。要让狗找不到，必须满足一个条件，就是要有积水。水是一种阻断媒介，可以隔绝气味。

但是去哪儿找可以躲藏一个人的积水呢？太浅的积水无法完全遮盖气味，太深的积水山上肯定没有。

集中营的人一车接一车被运走，他心急如焚，但是毫无办法。直到有一天，他在运材的时候，发现在集中营西边的山坡上，有一座古墓。

这座古墓形如鬼爪，而且造在山阴，形式极差，墓主生前肯定得罪了不少人。但是看墓周围的地势，这个墓保存完好。

张大佛爷心中一想，就计上心头。首先他必须到那个古墓边上，将墓顶打穿，这样遇到下雨墓里就会积水。接着，他只要逃到古墓里潜伏到积水中，就可以让那些狼狗找不到他。

但是那个古墓在集中营外的山坡上，如果爬出去很可能就被岗哨士兵打死了，如何才能到达那里，需要设计。

他苦思冥想，和他的几个伙计商议。砸穿墓顶需要两个时辰，这个时间太长，而且他们没有工具，所以这个事情不太能偷偷地干，必须想一个办法，让日本人带他们出去，而且要在日本人的眼皮子底下把事情干成。

后来他们想了一个冒险的法子，趁日本人不注意，药死了一只狼狗，然后把死狗肢解了，从铁丝网上朝那个方向抛了出去，把尸块全部甩在那古墓附近。

几天后，日本人发现少了只狗开始奇怪，这时候狗的尸体已经发臭，张大佛爷就去报告日本人，说他闻到奇怪的臭味。

日本人寻着他说的方向去闻，果然有腐臭味道传来，过去一看，发现狗尸已经长满了蛆虫。

日本人当然不肯自己去搬，就让张大佛爷拿铁铲来就地埋了，自己远远拿枪看着。张大佛爷出去，挑了古墓边上的区域，小心翼翼地挖下去，挖出了一个深坑。因为山里地下全是树根，他不时故意发出铲子砍树根的声音。到了坑底，日本人只能看到他半身的时候，他对着一边的墓墙用力敲击，敲了十几下终于敲裂了。日本人警觉起来过来查看，他立即铲起一块泥把裂缝盖上，然后上来把狗尸块都铲下去。之后，他再把裂缝撬大了一些，把狗尸块叠起来，靠在口子上，怕泥进去把缝堵了，然后把坑填了。

上天感应，三天后就下了一场暴雨，一连下了一天一夜。张大佛爷感觉时机已经成熟，就告诉伙计做好了逃跑的准备。

他们偷偷地静待时机，因为最好的时机就是大雨天，身上的味道会被雨水冲走。

九月的一天，一场大雨之后，七个人消失了，日本人带着狼狗，一路搜索到山外，竟然连一点痕迹都没有发现。

自此，那七个人再也没有出现。

二月红

排名第二的爷叫二月红，是个唱戏的旦角，在长沙花鼓戏班子里还算个名角。二月红的盘口是旧社会典型的盗墓盘口，表面上他是个班主，带着戏班走南闯北，其实白天唱戏，晚上就干着盗墓的勾当。家伙都放在衣箱里，而且戏班里个个都是唱戏的武功底子，下了斗也是奇景。我爷爷说他见识过一回，那帮人做一个小斗，根本就不碰墓底，用一根竹竿游着墓墙走，动作行云流水，那功夫也不知道是怎么练出来的。

二月红不止唱腔优美，身怀绝技，据说还是一个美男子，所以风流韵事不断，他和很多名媛都有暧昧的关系，而且喜欢泡在妓院里。他最出名的事情，反而和盗墓没关系，而是他年轻时给一个“女儿”赎身的故事。

当时卖妓女，扬州一带的规矩，都是人贩子背着闺女，从闹市走一圈，这就是昭告天下，这丫头就要卖进青楼了，如果有要打抱不平的，就在这一圈里站出来，想要截就拿银子出来，我们也不推人进火坑，但是一旦进了青楼，那就不是你说了算的了。

此外，这也是告诉那些达官贵人，今天晚上又有黄花大闺女可以“开苞”了，你要准备好洋元来打那个金枝。

当时二月红还不是班主，这种戏班都是世袭的，他老爹在的时候，他只是少班主。

一日他在快活楼喝早茶的时候，看到一个十几岁的丫头被背着游街。二月红知道世态炎凉，这种事情也见怪不怪。在那个年代，穷苦人家的丫头，卖进妓院也未必是坏事，因为妓院再怎么说也可以吃饱饭，遇到个好的恩客，说不定还能做个几房的姨太太，还是有翻身的机会，你在外面，被人糟蹋是常有的事情。

但是二月红当时看到那丫头，却是一愣，因为那丫头他竟然认识。那是他经常去的一家面摊家的女儿，小他五岁，可以说他从小就是以哥哥的身份，看着她长大的，非常水灵乖巧。怎么一下子就沦落到这个地步？

看着小姑娘在人贩子背上哭得梨花带雨，二月红不禁唏嘘。因为那姑娘十分水灵，四周围观的人很多，姑娘一边哭一边在人群里看，绝望地在寻找什么。很快，这些人可能都会成为她的一夜恩客，她看到了各种各样的嘴脸，试图从中寻找一丝同情和怜悯。

就在那一刹那，她看到了茶楼上的二月红，二月红也看了她一下。那小姑娘一下就认出了二月红，她好像在绝望中看到了唯一的希望，突然用尽力气对着二月红喊了一声：“哥！”

那种绝望和乞求的目光，让二月红震了一下，他一下想起了当年跟在他屁股后面的牵着小手的小妹妹。自己是否可以这么袖手旁观，把自己的一部分记忆埋葬掉？

当时的人都练就了一副铁石心肠，不予理会也未尝不可，但是人总是有感情的动物，像二月红这样多情之人，往往会因为一个眼神而做很多事情，他当时就知道，自己非救她不可。

但是他的父亲不可能同意他做这种事情，所以他身上不可能有钱去救那个丫头。

二月红当时年少气盛，帽子一摘，施展绝技就从茶楼壁虎游墙

而下，拦在了那个人贩子之前。

那人贩子吃了一惊，已经很久没有碰到拦街的人。他自然是不希望有人拦街，为了体现一个“义”字，拦街的钱要比妓院收的钱低两成，不由暗骂晦气。这大清早的，哪来的丧门星挡他的财路？

但是一看这位爷的身手，那从茶楼上爬下来的声势，他知道这个人不能惹。

于是他赔笑应酬，二月红知道这个人也是外八行的一行，和他们自家肯定也有渊源。外八行之间不能起冲突，否则会使整个老九门的人闹僵，也不敢直接把这人贩子做了了事。两边一掐价，那人贩子就给了个天价，意思是你滚吧，这女孩你救不了。

当时二月红没有别的选择，他不能向他老爹去拿钱，也不能截人，要救这个丫头，只有出这个价钱。但是他肯定拿不出这么多钱来。

那人贩子对二月红道：“这丫头是平二的老鸨点的货色，这位爷如果拿不出这个钱来，那么还请让开。要真对这丫头好，今天晚上不妨去点那个灯，头一夜您柔点儿就是她的福气了。”

二月红当时已经无名火起，就对他道：“钱我有，我也要劝你一句，这财为不义之财，这么大桩的富贵，你要想想你担不担得起。你要觉得你担得起，那我给你取来，不过我劝你，小心富贵烧身。”

这事情谈不拢，人贩子不信有人肯拿这么多钱来赎一个小丫头，就应了。

二月红的伙计守着那人贩子，要在闹市再游一圈，二月红必须在这一圈内准备好钱财。他急赶到家中，穿戴上浑身的装备，一匹快马奔向西郊，又快马奔回，身上已经带着黄土和三支金钗。

这个丫头后来成了二月红的夫人，育有三个儿子，在 32 岁的时候病逝了。短短十几年的幸福时光，她一直在二月红的怀抱中，再没有受一点苦。她去世之后二月红变得浪荡不羁。

作为一个女人，在当时的社会，我觉得已经可以称得上幸福了。也因为这样，之后的女人对他趋之若鹜，但是始终没有一人能撩动他心中已经死去的情感，他心中活的永远是那个平淡无奇的面摊丫头。这种感情在哪里，我们无法知晓，也许是在那一声“哥”中，也许是在飞奔回城的马上，但是遇到这样的男人，是丫头的大幸，又是世间其他女人的大不幸。

二月红终身未再娶，活到 102 岁，死后与妻子合葬，棺材比妻子的高了一截，好让等待多年的丫头，能够再靠在他的肩膀上，听他婉婉而唱的戏腔。

半截李

半截李，李三爷在上三门里最有门道，他是个残疾人，两条腿小时候被同伙打断在斗里，困了一个星期，靠喝棺材水才活了下来，之后脚就废了，只好在身下垫一块蒲垫，然后用手拿两块砖头撑着。可能是这种经历让他受了刺激，所以他是九门里比较心狠手辣的一个，不知道打死多少个老婆。半截李疑心病极重，对人极度不信任，有市井传言，说他晚上都睡在古墓里，和“粽子”为伴，说活人比死人可怕得多。

虽然如此，但是半截李的盗墓功夫却是一绝。他的双手力气极大而且非常灵活，身材又矮小，徒手爬树比正常人还快，可以进到很多人进不去的地方，拿到一些很难拿到的东西。

但是很奇怪，和二月红一样，他最为人津津乐道的，也不是他斗下的事情，而是他和他嫂子的一段感情。

他从小父母双亡，大哥早死，所以他从十几岁起就受他的嫂子照顾。在那个懵懂的年纪，嫂子既是嫂子，又是娘亲，童年困苦，为了拉扯他和他大哥的孩子，他嫂子吃尽了苦头。半截李从小在这种环境中长大，有一副敏感的心肠，那种极端的性格，可能也是由此产生的。

有一次他的嫂子在别人家里洗衣服，因为把一件旗袍给洗破了，被打聋了一只耳朵，之后那家就被整个烧光了。那是一件

悬案，但是所有人都在传，可能是半截李干的。

两个人同在一个屋檐下，随着半截李逐渐长大，闲言碎语就多了起来，而且确实，屋子里就拉一个帘子，总是能看到一些不该看的东西。他的嫂子年纪并没有比他大多少，这种气氛就逐渐变得怪异，他看嫂子的眼神也逐渐发生了变化。

他的嫂子是经历过男女之事的人，怎么能不明白，于是她把半截李打发到其他地方去当学徒，但是半截李总要回来。那种气氛越来越浓，多年的守寡也让她很恐惧自己身体的奇怪反应。

半截李当时很清楚地知道，他和嫂子之间出了什么问题，但是他想得很天真，嫂子的生活是没有希望的，他必须自强不息才能让嫂子不再受苦。之后他可以娶他嫂子进门，替他大哥照顾她，这是他当时琢磨的最好的结局。

所以他偷偷跟了倒斗的学手艺，和很多当时的小鬼一样做着一夜暴富的黄粱梦，结果却被打断了双腿，差点死在斗里。

他的嫂子伤心欲绝，这是一个介于她丈夫和儿子之间的男人，如今落了个残疾，这种痛苦是双重的。本来以为即将熬出头的日子又跌入了黑暗，也愧对了丈夫所托。

同时，这种激烈的感情波折也冲破了一些心里的防线，使得半截李始料不及。

之后，她只得更加细心地照料半截李，给他擦身，帮他放尿，他们之间的肌肤之亲越来越多，越来越频繁，也越来越无法控制，连半截李自己都发现，他大嫂的眼神变了。

之后一次大年夜里，压死骆驼的最后一根稻草产生了。屋外大雪纷飞，屋内是两个喘息的声音。积压了多年的激情一次爆发了出来，一切都疯狂了。

一年后半截李痊愈，回到了自己当初被困的古墓，重新下去拿回了自己藏起来的明器。此时的他已经今非昔比，被人背叛的仇恨和对大嫂的愧疚使得他变得极度心狠手辣，而且不留任何余地。他找到了当时害他的几个同伙，把他们的腿打断，一个一个拖到当时自己待的古墓里，将他们活活饿死在里面。

神鬼怕恶人，半截李日渐发达，买了宅子开了盘口，之后日渐安定了下来。他的伙计大部分都是残疾人，其中有一个哑巴，之后自成了一派，这里暂且不提。

发达之后，半截李曾经想过娶他嫂子进门，但是他嫂子希望他能娶一个正正经经的老婆，她感觉自己已经脏了，她答应过她丈夫要照顾好小叔子，说什么也不能变成这种情况。

他的嫂子很坚持，半截李也没有办法，这事情后来就不了了之，但是半截李也坚决不肯娶别人。

为了断了他的念想，他嫂子想找一个老实男人改嫁，但是半截李当时是全长沙最狠的角儿，谁也不敢去攀这个富贵，后来传言他嫂子最后还是给他生了一个儿子。

我很想写一个悲情的故事，写他嫂子被人逼死或者最后难产而死，但是世上往往不会有那么决绝的现实。人世间有那么多的不幸，不管半截李有多么凶狠，我还是希望他长命百岁，因为他的嫂子肯定是个好人，以极度的恶来维持一点点善的幸福，虽然唏嘘，但是也不失为一个大丈夫。

女人会希望这段畸恋能修成正果，男人会希望多一点当夜的细节描写，不过这事情就这么不了了之了。唯一能确定的是，我爷爷说见过半截李的大嫂，在她 40 岁生日的时候，那是一个十分漂亮的女人，眼中有一丝神采，让他记忆犹新。如果自己有这么一个大嫂，也绝对不会让别的男人娶走。

我问爷爷："奶奶知道你的想法吗？"结果换取了 100 元零用钱。

好了，这就是八卦，不过这也告诉我们一个道理，男人要保护自己所爱的东西，请你足够强大，不管结局如何，不要让女人为自己牺牲，或者至少要让她们的牺牲有回报。

平三门

平三门的三个人中，前面两个我们都很熟悉，只有排行第六的黑背老六比较陌生，前两个这里只简单介绍，黑背老六的故事可以详细说说。

陈皮阿四

陈皮阿四，四阿公是平三门里头号，而且恐怕是老九门里身手最好的一个，一手的铁弹子打得比枪还准，九爪钩可以钩回十几米外的生鸡蛋。陈皮阿四是二月红的徒弟，因为天资极高，被破格收留。从大理上讲，长沙土夫子绝不传外地人，从小理上说，浙江人也唱不了花鼓戏，所以这个算是绝无仅有的事情。外人猜测，二月红和陈皮阿四之间，可能有一些不为人知的渊源。但是，真相早已飘散在历史中。

如果说上三门的传说大部分都是英名、美名或者是市井八卦的话，平三门的传说大部分都是恶名。

特别是陈皮阿四，可以说是恶名最盛的人，半截李如果是个大流氓的话，陈皮阿四就是流氓中的“航空母舰”。

几乎所有人都知道这人什么事情都干得出来。他最出名的事情是杀徒，他的徒弟往往是一朝富贵，又一朝丧命。

陈皮阿四和其他人不同，他极其大方，几乎没有什么家业，盗来的东西立即挥霍光，所以当他的徒弟可以一夜暴富。他教授徒弟的技能也是功能性的，他要盗一个斗，会先仔细琢磨，到了万无一失的地步，他就会找一些他认为适合的人，传授一些技能给他们，然后下斗，成则了，不成则罢，他绝对不会对这些人负责。所以，一次下地，往往都只有他一个人脱身，就算他能救你，为了以防万一他也不会伸援手，更不用说他自己陷入危险的时候拿人当替死鬼了。

跟陈皮阿四混，是一种赌博，你永远不知道什么时候会被出卖，也不知道什么时候会发财。

不过陈皮阿四有一个优点，就是他说一不二，他永远和你讲清楚你要冒的险，得手之后也不会赖你的账。所谓艺高人胆大，很多走投无路的高手都会依附于他。这一批人都是玩命之徒，而且手艺极其高超。陈皮阿四最盛的时候，除了半截李的人，上三门其他两门都忌惮他们。

他们干过最惊天动地的事情，狠毒到了匪夷所思的地步，说出来都没人相信。当时他们在一个村子扎营，发现这个村子的地形很奇特，于是在当地打听，陈皮阿四听说这个村子雪化得早的事情。

如果村子下面的地质有问题，就会导致地面温度比其他地方略高，雪就会化得早。陈皮阿四感觉这村子下面也许有什么东西。

因为上面太多民建，完全无法判断地下的东西是在哪个位置，他们只能一家一家去找。可是在村里作业不比野外，杂眼太多，他们的进展非常慢。

他们一开始想把那座关键的房子买下来，但是因为那户人家的大院子里住了太多人，十分麻烦，陈皮阿四心一横，做了个手势：杀。

当天晚上，他们用毛巾和钩菠萝的弯刀，把那大院子里的人全部杀光，然后将尸体堆到内房，撒满石灰，接着堂而皇之住在那院子里，每晚探地。

然而找了数日，却发现那房子下面什么都没有。

陈皮阿四又瞄上隔壁那家，隔天，他们又潜入隔壁，将隔壁的人也全部杀光，再次故技重施，却还是什么都没找到。

如此反复，死的人越来越多，第一家被杀的人都已经臭了。陈皮阿四的人就好像夜魔一样，每天晚上跟黄鼠狼偷鸡一样杀人。最后演变成，今天去杀哪一家，全是投骰子决定的。

这个村子里的人越来越少，半个月之后，大半个村子的人都杀空了，他们才发现自己判断有误，这里根本就没有古墓。

之后陈皮阿四心灰意冷，怅然而归，临走之前放火烧村，杀光了所有人，其中小孩孕妇一个都没有放过。

这个案子成了大案，后来被他的徒弟喝醉酒捅了出去，这些人全部被枪毙了，只剩下陈皮阿四一个人远走广西。

之后陈皮阿四收敛了很多，最后在广西的卧佛岭发生了倒吊镜儿宫的故事。

我们无法想象，在去广西之前的陈皮阿四到底穷凶极恶到了什么程度，不过能了解的是，去广西之后，陈皮阿四变了很多，那一次大案，还是改变了一些东西的。

狗五爷

吴老狗就是我爷爷，长沙吴家的第一代，盗墓村里出来的正统的土夫子。我爷爷的鼻子在新中国成立之前被废了，他的故事太熟悉，就不必赘述了。只稍微提提。

我爷爷和陈皮阿四一样，也经历过一次大案，而案件的等级更高，就是战国帛书案。这个在当时很轰动的案子，因为牵涉太广，也不能说得太多。总之那个案件几乎导致长沙土夫子的全部洗牌，我爷爷被裘德考骗了之后，来到杭州，才有了现在的局面。老九门从此没落，一蹶不振，这也是为什么狗五爷的名气这么大。而这种名气，也并不全是美名，毕竟那一次风波，那么多人锒铛入狱，那么多人人头落地，只有我爷爷活了下来，多少会有一些传闻。

我自己感觉，那一次的事件，是上头第一次对长沙老九门重视了起来，应该是要着手取缔的开始，所以之后爷爷一直深居简出，十分低调。这也是为什么我听到有人突然问起我爷爷，会那么吃惊。

狗王狗五爷，最有趣的当然是我爷爷的狗。我爷爷是个狗痴，养了不少狗，他对于狗的了解很深，但是同时他也吃狗肉，而且吃得最欢，非常奇怪。

我爷爷最喜欢的一只狗叫三寸钉，是一只很小的西藏獚。这种狗养不大，只有几百克，我爷爷一直把它揣在袖子里带来带去。

我爷爷说这种狗警惕性最高，不信任陌生人。要得到这种狗的

信任很难，如果有人要害它的主人，这狗在袖子里一定会警示主人。

我爷爷在出事之后就不再相信任何人，世态炎凉让他很心寒，所以一直带着这狗。不过去了杭州好了很多，也没有老长沙那么多是是非非，不过，爷爷和我说过一件事情，让我对这只狗刮目相看。

我爷爷是不怕鬼神怕人心的，但是也有例外。那一次他去广西南宁，住在一个招待所里。当天夜里，他上厕所（当时的招待所都是公用厕所）的时候，发现厕所的某个部分很奇怪，好像是被改造过的，四周钉着木板。他吃坏了肚子，在拉的时候百无聊赖，往木板之间的缝隙里看，就看到木板之后竟然是个铁门。

他想了一下明白了，原来是老板把走廊隔了一段，隔出了大概一两个平方米的地方做了厕所，这门本来是在走廊尽头的。

他就纳闷，这样不是少了个房间吗？老板为什么要这么干？

木板有弹性，钉子也腐朽了，他掰开木板往里看，就发现木板后的铁门已经锈得不成样子。奇怪的是，门上有一些元宝蜡烛的痕迹，门边却是焊死的。

铁门是那种栅栏门，里面是一道木门，大家应该都很熟悉这种门，这是最早的一种防盗门。爷爷把手伸过去，推了一把，就发现里面的木门没有锁，能推开。

我爷爷觉得有点奇怪，他的胆子很大，不可能在这种地方被吓到，他直接就用力一推，想把木门推得大开。

但是木门推开到一个距离，一下就撞到了什么东西，推不开了。我爷爷用力推了几把，发现手上的感觉不对，那不是卡住什么东西的感觉，这卡住门的，好像是个人。

他吸了口凉气，立即将木门关上，扭头就走，身后传来木门被什么东西掰开的声音。

回到自己房里，他感觉这件事情很奇怪，但是等了片刻，没有什么其他动静，也就不愿细想。他遇到的古怪事情太多，也许这里的老板有偷窥的癖好。

睡到半夜，他突然感觉浑身不自在，而且闻到一股非常奇怪的味道。他迷迷糊糊睁开眼睛，一下就看到床头站着一个奇高无比的人。这个人脑袋奇长，身高加上头长肯定超过两米，但是骨瘦如柴。他没有穿衣服，身上的皮肤在窗外透入的月光下，似乎是透明的一般。

而最奇特的是，三寸钉正趴在他的身上，非常镇定地和那两米高的怪物对视着。不但没有狂吠，而且一点也不害怕。

之后爷爷又沉沉地睡去，醒过来的时候，一切无恙，但是他想起晚上的情形，却惊出了一身冷汗。

他离开南宁之后，一直对这件事情耿耿于怀，那个东西到底是什么？而当天晚上三寸钉的样子也让他奇怪。

爷爷告诉我，后来别人告诉他，他看到的东西有点像一种畸形症患者，而西藏獚是西藏的礼佛犬，是菩萨座下的狗，一般养在庙里，那天晚上，也许三寸钉趴到他的身上，就是要保他的命。

之后，我爷爷就对三寸钉刮目相看，三寸钉也成了他十几只狗里最吃香的一只。那只狗也确实有点神，我爷爷去世三天后，它就不见了，再也没有出现过。不知道是被人乘乱偷走吃了，还是如何。

黑背老六

说到黑背老六，这里还有一个典故。据说有些时候，土夫子在墓中并没有什么异样，但是出盗洞的时候，就会突然感到有人搭上他的肩膀，怎么也扯不开，“黑背老六”就是这么来的。他的肩膀上有一个黑色的手印，据说就是给“搭”的。

遇到这种事情，就要闭眼回头吹一口气，把那只搭肩的手给吹走，力气越大，成功率越高。吹完之后不能再回头，不然就会看到不干净的东西。

黑背老六是个很低调的人，连我爷爷也和他交往不深。只知道，他之前是一个陕西的打刀客。

先看一段陕西县志里的记载：

“刀客会”是关中地区下层人民中特有的一种侠义组织。其成员通常携带一种临潼关山镇（关山镇今属阎良区）制造的“关山刀子”，刀长约三尺，宽不到两寸，制形特别，极为锋利，故群众称之为刀客。刀客约产生于清咸丰初年，没有固定的组织形式与严密的纪律，有一个类似首领的人物，大家都称之为某某哥，在他以下的人都是兄弟，围绕首领活动。刀客分散为各个大小不同的集团，划地自封，分布的地区，以潼关以西、西安以东沿渭河两岸较多，渭北则更多。刀客有反抗反动统治阶级的精神，也有打抱不平、拔刀相助的义气。辛亥革命时，大批的刀客参加革命，走向历史舞台，

侠肝义胆，为革命抛头颅，洒热血。如今的渭北平原，刀客已经成为遥远的历史，就像经历了一百多年时间洗涤的关山刀一样，刀客的传说和故事也慢慢地生锈，失去原来的面目。

如果说九门提督大部分人的共性的话，可以说是有智慧，不管是阴谋诡计，还是正常的谋略，这些人都有着人精一样的脑子。这在当时的环境里是必需的技能，可是，黑背老六却似乎没有这方面的特性，他是所有人里面唯一一个打手出身的人。

当刀客是不需要脑子的，因为刀客的刀永远要比脑子快。在之前西北的求生过程中，黑背老六过的是刀口舐血的生活，那是真正的脑袋别在裤腰带上，每天都是这样，所以他来长沙之后，也似乎只有这一种办事方式。

他的刀快到什么程度，那就是所谓“闹市一路过，沿街落人头”。

他走在街上，走过你身边，你的脑袋就掉下来了，没有人会发现是谁挥的刀。

不知道这是不是夸张，不过黑背老六在长沙是很不受欢迎的，因为他完全是西北人的做派，而且，他沉默寡言，别人完全无法和他交流。

他追寻的东西拿到了，就来贩卖，没有徒弟，只身一人，人们非常怀疑他是否会在地下和“粽子”对砍。

这么一个孤胆侠客，往往会沉浸在一两个人的温柔乡里，然后为其争风吃醋，黑背老六也是这样。温柔乡是英雄冢，他吸鸦片，整夜住在妓院里，抱宿一个老妓。后来那个老妓被强卖，黑背老六千里走单骑，单刀赴会将她抢了回来。

因为吸食鸦片，他时常进入一种癫狂的状态，每天半夜都要去练刀，练到筋疲力尽为止，白天则像乞丐一样缩在一边，整个人给人的感觉就是疯子。

后半生陪伴他的就是一个老妓和一把快刀，好多武侠小说中都是这样的，他们之间是互相需要还是如何无法猜测。

之所以会把这个人排入九门之中，爷爷说可能是因为他正巧叫作黑背老六。其实一开始，他们都叫他阿六，虽然黑背老六是一个非常沉默寡言的人，但是这种特别的性格让他十分出名，所以大大小小的人都知道他，也都不敢惹他，同时又没有必要害他，所以他成了一个很大的异类。

黑背老六在七十多岁的年纪，连杀三人，后来被击毙，是九门中唯一一个无后、无家产，结局悲惨的人。

不过传言他在被击毙之前就已经疯了。他下斗从来不做防护措施，所以不到50岁身体就已经垮了。最后的几年里，他是乞丐和孔乙己的混合体，他隔三岔五会拿一些小零碎出来卖卖，换点酒吃吃，后来鸦片被取缔了他就吸铁锈钉。

可以这么说，这个人也许并不算一个盗墓贼，但是他也不是一个浪客，更不是一个游侠，没人能给他下一个定义。黑背老六是一个古怪的存在，他是旧社会一种典型的人，没有追求，没有愿望，没有智慧，如果有一个值得他托付的人，他会成为一个很好的伙计，也许在当家的安排下，他会结婚，他会慢慢地学会爱，特别是有了孩子之后，他会对人生有一点感觉。

但是很可惜，黑背老六没有，他走西北的时候当家的死了，他们的刀客团解散了，他成了一只没有掌舵的船。他之后的人生，有等于没有，他所有的东西，不过就是“活着”二字。

我把黑背老六的那个老妓当成是他和现实世界的接口，可能只有和老妓在一起的时候，他才会感觉到自己的存在。老妓死了之后，他和这个世界就断开了，他只活在自己的世界里，所以他疯了。

“爷盗的不是斗，爷盗的是绝望。”

我在这里敬黑背老六。

下三门

下三门是故事比较少的一门，因为他们都是做生意的人，不太亲自下斗。因为关系近，业务往来密切，所以平三门和下三门都有联姻，比如解家和我外婆就有亲戚关系。

霍仙姑，七姑娘

作为老九门里唯一的一个女人，白沙井的霍仙姑霍婆子可算是真正意义上的巾帼不让须眉。

说起霍仙姑，我爷爷得看看我奶奶在不在附近。因为我爷爷和霍仙姑还有一段往事，在家里是敏感话题，必须避开我奶奶，否则我奶奶会揪着我爷爷的耳朵骂："老鬼，几十年了你还惦记着那个狐狸精。"

不错，霍仙姑确实和我爷爷有过一段暧昧的历史。

因为这个话题不能细谈，所以我不知道这段感情是在我爷爷和我奶奶之前还是之后。如果是之后那问题就大了，我也没法去问我奶奶，她会用打毛线的针打我的脑袋，把我赶走。

当然，事情也许是另外一种情况，也许我爷爷只是和霍仙姑有一些业务来往，但因为霍仙姑太漂亮了，所以才引得奶奶吃醋。

说起来，霍仙姑确实是有这种资本的。从她的外号就能看出来，当时的仙姑就是仙女的意思，说明霍仙姑的漂亮是公认的。而且我爷爷说，她确实配得上“仙”这个字，因为这个女人，有一种让人无法直视和亵玩的气质。这种气质是与生俱来，无法靠后天修炼出来的，看着她的男人，根本没有办法产生什么邪念。

我问我爷爷，他的意思是不是霍仙姑是一个超级飞机场，身材比洗衣板还平？

我爷爷说当然不是，霍仙姑身高一米七，喜欢穿旗袍，皮肤很白，短发，她的气质来自她的眼神，那是一种出世的眼神，清澈得要命，好像从来没有被世俗污染过，看着她的眼睛，她让你做什么事情你都愿意。

我心说，这有点像闷油瓶啊，难道霍仙姑就是变了性的闷油瓶？脑海里的画面就是闷油瓶穿着旗袍的样子。

不过霍仙姑的圣洁并没有持续一生，她三十几岁的时候爱上了一个军官。这个军官也算是有头有脸的人物，据说在一次舞会上，她的出现艳惊四座，在场人员都看得目不转睛。不过也可能是因为这样，给她丈夫带来了很大的麻烦。后来，当年的霍仙姑也变成了霍婆子。我爷爷最后一次见到她，是在电视上，风华仍在，气质仍旧是这样，但是毕竟不是小女孩了，总是让人唏嘘岁月的无情。

这样一个女人，我总觉得有点阮玲玉的感觉，怎么也想象不到她会排进老九门来，而且还是排第七。难道她也能下地吗？爷爷说，霍仙姑本来就不常下地，而且他们家里下地也是用一种很特别的方式，类似于之前盐矿里的做法，就是打一个很大的洞，然后倒挂下去，用一种钩子趴挂在墓顶上。这种做法需要柔韧性非常好的人和非常有力量的人配合，所以霍家里当家的都是女人，女伙计的地位也都很高。

霍家也是内讧最多的一家，家族斗争很厉害，霍家女儿不止一个，

霍仙姑拿到当家人的地位，非常曲折。

当时霍老太去世之后，几个女儿以及霍老太的几个妹妹，还有堂姐妹，都盯上了这个当家的位置。这意味着霍家势力的重组，所以所有人都观望着。（很简单的道理，你现在做着生意的头目人是霍二小姐的人，如果不是霍二小姐当家，那么那头目人作为亲信很可能就会立即失宠，这时候你之前的关系都白搭了，而后来接替的人，有自己的利益团体，这点好处是不是还会分给你就很难说了。）

为了上位，里面的人必然也会和外界的势力结盟，而霍仙姑的结盟对象，不巧就是我爷爷。所以我爷爷很是知道一些她上位的内情。

在九门提督里，上三门不管江湖琐事，最好什么事情都和他们没关系，所以不太会插手这种事情。平三门和下三门却都很热衷，因为都和自己的利益切实相关。霍家几股势力最希望能提供支持的，是解家，因为解家老爷做事情实在太稳了，而且解家家底殷实，伙计都很厉害，无论是火拼还是玩玩官面上的阴谋诡计，有解家在后面就十分稳妥。

但是解九爷如此精明的人，自然不会被套入局，而且解家家大业大，也不怕你换个当家都不来登门，所以反倒最沉得住气，静观其变。

而陈皮阿四，因为做事太过乖张，所以和他合作会有极大的风险，搞不好自己拼来的基业会被他反吞掉，也没有人敢贸然和他结盟，反倒是陈皮阿四自己蠢蠢欲动，想在其中得点好处。这样就使得形势更加复杂，里面的人既怕他到自己这边来，又怕他到别人那边去。

黑背刀客老六是个神经病，自然没人去找他。而奇门八算齐铁嘴，盘口小，靠着一张铁嘴也不可能让其他人让位，所以用处不大。

最靠谱的反而是我爷爷。狗五爷为人讲义气，在江湖上有比较强的号召力，而且有几个很不错的徒弟都各据一方，手下弟兄也很服帖，下线的实力强大，加上家境殷实。最重要的是，我爷爷和九门其他几个人关系都可以，几方他都摆得平，特别是和解家的关系很好，很得解家老爷赏识。所以几个霍家的姐妹，都派人送过茶帖，想请我爷爷去喝茶谈事情。

至于最后我爷爷为何选择了霍仙姑，就很耐人寻味了，据说霍仙姑是牺牲了一些东西，换取了我爷爷的全力支持。到底他们之间有些什么，只有他们自己知道。

在那个年代，女人之于男人，总是要付出一些凄凉的代价，来换取另一些东西，就算是霍仙姑，美貌也只是一个条件。对于现在的女性来说，这个时代虽然还是如此，但是总算是进步了不少，至少，女人们退一步，后面不再是深渊。

奇门八算，齐铁嘴

奇门八算，齐铁嘴是下三门里一个比较奇怪的人。霍家和解家都是大家族，立足于开创盘口，从蒙东到岭南，霍解两家都有势力。但是齐铁嘴却完全走相反的路线，从很早开始，齐铁嘴的盘口就一个，就是长沙老茶营的一个算命摊。这个算命摊在一个走廊的深处，后面是一个小香堂，给人解签同时算命。有货要拿，交六文钱，算命先生带你到内堂，后面有个很大的厅房，里面全是宝贝。

一般情况下，这种小盘口很容易被淘汰掉，但是齐铁嘴的盘口开了几代，一直生意红火，小香堂火得不行。

有人觉得非常奇怪，不知道其中有什么蹊跷。后来才知道，齐铁嘴做生意有一个奇怪的规矩，就是每个人来买货，他都会给人算一卦，奇门八算是长沙第一算，算得极准，而且只给买货的人算，叫作送算。

这个放到现在来说，就属于差别竞争力或者叫衍生价值。

地里营生和盗卖古董的人都极其迷信，奇门八算名声在外，就算不要货的，都有人为求一算跑来随便买一件。所以这里的生意才会源源不断。

奇门八算被传得神乎其神，那么它到底有多准呢？

新中国成立前夕，有一个掮客来齐铁嘴香堂里买货，什么东西都没看上，却看上了香堂里的一只香炉。

这只香炉并不是古董，可见这掮客眼界不高。当时的伙计请示齐铁嘴，但是齐铁嘴很讲规矩，卖古董的就是卖古董的，怎么会卖香炉，就没应允。然而伙计自己起了贪念，心说香炉才几个钱，我卖给他再偷偷买一个来替换上，那钱不就是自己的了吗？

于是伙计偷偷卖了香炉，又怕齐铁嘴发现，就打发那人快走。当时齐铁嘴看着他，等他来求上一卦，没想到那个掮客直接头也不回就走了，就觉得奇怪。

招来伙计一问，那伙计胆子一怯就全说了出来。齐铁嘴告诉他，这么做，一是冒犯了神灵，二是冒犯了祖师，这是大忌，恐怕要遭报应。

齐铁嘴说这话，那是要吓死人的，那伙计吓得立即把钱全拿了出来，说自己只是利欲熏心，问他有没有什么化解之法。

当时这个伙计正要下村去收租，齐铁嘴推卦一算，不由皱眉，就把刚才卖香炉的钱全部还给了他，让他把这些钱放在身上，把收来的钱放在箱子底，让他带着上路。并且告诉他，那边瓜农当年的田租就免了。

那伙计很奇怪，就莫名其妙上路了，结果到了村里，发现当年大雨，农作物全部减产，瓜农根本交不起田租，就算再想收也绝对收不上来，就干脆免了他们当年的田租。在回来的山路上他遇到了强盗，身上的钱全被抢去了，奇怪的是强盗没有伤他的性命，也没有搜他的箱子就跑了。

后来他回到香堂不久，那强盗就被抓住了，正是村里的一个瓜农。原来当年瓜农的瓜全被雨水泡烂了，那瓜农走投无路，只好落草为寇，却见被劫的是免了自己田租的收账先生，也不忍杀人灭口，又怕他认出自己，只劫了点身上的钱就慌忙跑了。

如果那伙计没有免那瓜农的田租，那么这一次恐怕必死无疑。而如果那伙计身上没有那香炉钱，那箱子里的银子必然就遭劫。

事后伙计问齐铁嘴，这到底是怎么算出来的，齐铁嘴就告诉他，这卖香炉的钱，不就是买炉钱吗，买炉钱不就是买路钱吗？意思是这一次出去会碰到劫匪，而劫的就是这买香炉的钱。而那人不算卦，就是卦不算，那不就是瓜不算嘛。你自己造的孽你自己背，但是祖宗念你是初犯，给了你一条后路，你以后要小心做人，不要再犯这种昏了。

伙计服帖，从此再也不敢逆齐铁嘴的意思，而这事情的经过也被传了出去，很快传遍了全城。

小解九

小解九，解九爷，是外八行里唯一一个正统的知识分子，而且还在日本留过一年学。解家是一个楷模似的家庭，不像九门其他人，解家最大的特点就是没有特点。解家是势力最均衡的一个家族，无论是人手、套路、渠道，解家都不是最出众的，却也是能够用的。

所以解家一直是九门提督里生意做得最稳的，虽然不见得最赚钱，但是一直没有任何风波，谁也不找他麻烦，谁也不找他帮忙。而且解老爷是一个做事天衣无缝的人，一件事情任何的可能性，在发生之前他都会考虑到。而且事先会有对策，这可能也是没有人愿意和他作对的原因。

这种人，一般是平淡无奇的，不会有任何奇闻传出来，要说能有什么可以讲的，只有一件趣闻。

解九爷工于心计，平时最喜好下棋。当时广州有一个棋圣，被一个军官请到长沙，让他斗棋，他同时和八个人下棋，杀得长沙几个棋手都丢盔弃甲。

当时那几年长沙下象棋的人里，下得出名好的，一个是解九爷，一个是我二叔。解九爷是以奇局见长，设局厉害，而我二叔是以解局见长，也就是，一个喜欢攻击，一个喜欢防守反击。

但是我二叔和解九爷是两个时代的人，解九爷下得最好的时候，我二叔还不到火候，所以只有解九爷出面。但是解九爷又不爱露面。

最后决定再开一个一对八的棋局，其中一局由解九爷在幕后指挥，结果让人瞠目结舌，那高人赢了解九爷，却输掉了其他七局。

有几个棋手一直在一边看棋，啧啧称奇。原来解九爷的那盘棋，下得惊心动魄，但是破绽百出，每次眼看就要输了，却又往往被反扳过来，但是反扳之后，优势又不明显，还是被人压着，如此胶着，最后还是输了。

解九爷就对其他人道，这是臣子棋，这是那些棋艺高超，却又不得不和那些地位很高的人一起下棋的人发明的。比如说和皇帝下棋，你必须输，但是又得输得非常艰难，让皇帝认为自己是靠实力赢的。

这种棋力靠临场应变是非常困难的，所以就有人事先琢磨好了很多套路，如何做胶着难下的棋路。

但是，这些棋路一开始就是奔着输去的，其他人就问，为何不直接赢棋圣，好挫挫他的锐气。

解九爷道，人家从广东一直杀到这里，斗棋无数，自然有自己的门道。这种人只挑软柿子捏，如果你八个人里面有一个人棋力和他相当，那么他就会绕过这个人，赢了七个输了一个，也不会丢脸，还是他厉害。这种比赛的方式本身就是个陷阱。

当然此人肯定是有真材实料的，至少博闻强记。因为这种下棋的方法需要非常强的记忆力和对于棋局的熟悉能力，应变力却是其次，所以解九爷先用臣子棋，露出破绽引他入局。对方肯定认为这人棋力最弱，必先攻之欲杀出一个优势，其他的棋路先代为周旋。这是一对多的基本方式，就是不可能保证所有方面都是猛攻，必是几方攻击几方守。几局之内，注意力并不平均。

解九爷就利用了这一点，但是眼看就要赢了，却又下一个奇招扳转过来，始终把这个形势集中在他欲赢却不能赢的境地，看似破绽很多却没有一个能用得到的地步。这好比少女撩拨你的情欲又不让你近身，委实难受。

如此一来，他既不肯放手去输，专心攻其他人，又无法再进一步，拖沓了整个棋局，所谓被一个烂摊子拖死了。

而长沙方面本来就是想下他的面子，如此一赢七输，他面子全无，但是他自己事后反省，又会发现问题出在自己身上，不会想到这是个什么阴谋。

众人都佩服得五体投地，他们当晚喝酒庆祝，很是欢畅不提，但是等众人一走，他儿子却再次问他：老爹，到底是如何？

解九爷大笑曰：“田忌赛马也。”

原来当时每人各在一室内，所以人不分明，那一盘臣子棋，实为另外七个人合下，而其他七盘才是解九爷所下。解九爷棋力在那人之下，如果真的以一对八，也必输无疑，而用这个办法，七人之力必然高于一人，牵制了那人大部分精力，而解九爷招招猛攻，既没有输一两盘的顾虑，又占了那人精力被牵制的便宜，所以最后七局全下。

整件事情既没有人察觉，也没有任何破绽，解九爷设局，破局，斗棋，最后淡过众人的追问，每一步几乎天衣无缝，可见其智之深，其计之诡了。

爷爷内心希望他记得的九门，
是长沙烟火气中的传奇，
而不是时代洪流中，
身不由己的那一群疲惫不堪的当事者。

第二卷

九门之
湘西往事

引　子

我爷爷和我讲往事，总是避重就轻，其实和普通家庭一样，长辈和你讲的故事，他亲口说的是一个版本，他身后，旁人唏嘘的，是另一个版本。两个版本混起来，才可能是真相。我还记得，我爷爷身后办白事，奶奶时而镇定，时而悲伤难耐，守夜的时候，断断续续地和我们几个晚辈说了很多，奶奶说的这些事，和爷爷笔记里写的，还有他平日里讲的故事，有很大的不同。

也不可说不同，或者应该说，奶奶说的那些事情，让老九门更像是人而不是话本小说中的人物。爷爷嘴里，多是九门叱咤风云的故事，年少时如何起事，张启山和二月红长沙初见，揭开了长沙九门最鼎盛的时代，老六入湘，阿四拜二，九五主事，爷爷内心希望他记得的九门，是长沙烟火气中的传奇，而不是时代洪流中，身不由己的那一群疲惫不堪的当事者。

我开始了解九门，因为上面说的原因，初而是一截一截的片段，不是一个个完整的故事。这些片段相对独立，我们无法窥得片段与片段之间发生的事情，但借由那些细碎的往事碎屑，我开始了漫长地拼贴，久而久之，老九门那个时代的气息，从这些碎片中扑面而来。我不由心驰神往，毫无疑问，那是一个浪漫主义泛滥的时代，也是一个欲望深重、身不由己的时代。

人这种东西，在任何一个时代，如能以浪漫主义面对自己的命运，不管结局如何，都应该是幸运的。望你们也能感受到，我所感受到的一切。

第一章 八十二寨

张启山和八十二寨的缘分，是起源于二月红和大土司的一段缘分。当年，二月红隐没于苗寨之中，躲避追杀，和齐铁嘴两个人因为偶然的原因，被逼进入大土司的送葬队伍，去给她夭折的幼子送葬。当时寨子里的护法，已经准备在进入鬼谷之后，由随从的武夫杀死汉人脚夫，并且挖出大土司的双眼，将其在死人谷深处分尸，谎称是幼子尸变索命。

大土司当时已经万念俱灰，谁也没有想到，脚夫中会有长沙老九门的二、八两位。在芦苇荡，二月红杀光了所有叛变的随从，并把大土司安全带回了寨子。当时大土司已经对他萌生了爱意，无奈二爷刚刚丧妻，难以动情，两个人的情感就此耽搁，后来一错过，就再无可能。后来尹新月由二月红引荐，带张大佛爷避入苗寨，从此开始了张启山和八十二寨的缘分。

此乃这个故事的前世今生，事情一晃过去多年，长沙会战血染湘江，老九门众大多战死，日本人逼吴老狗用自己的狗蹚雷区排雷，吴老狗由此将日本人引入雷坑，准备以身死报仇，不料自己养的群狗在头狗的带领下，全部扑到他身上，在地雷连环爆炸的瞬间，保全了他的性命。

而张启山在一次战役中，遁入了山中，和八十二寨一起与日军继续展开激战。但当时的湖南已经是抗日战争的核心区域，战线拉得非常长，所以这个故事发生的历史环境和地理位置都十分特别。发生在两次大会战中间短暂的平静岁月，涉及的区域几乎遍布湖南。

八十二寨中有三到四个寨子，在大土司的管辖之下，虽然这已经是管了十几座山，但八十二寨子一共还有七个土司，三十六个祭司……十分复杂。

当时纷争不断，日本特务多次渗透，进行瓦解，希望获得八十二寨里一部分人的支持，从而断掉整个湖南犹如毛细血管一样复杂的情报线和补给线。当时这项斗争的关键人物，是一个老人，我们在这里没有办法直呼其名，可以称为八十二寨子的头领。他有一个称呼，在苗族神话里地位非常高，虽然他并不实际管理事务，但在八十二寨之中，拥有绝对的最高权力。

为了获得他的支持，传说张启山和这个头领，在密室中相谈了三天。在此之间，他们达成了一个约定，而张启山在约定之后，率众入山，进去了两个月之久。

后人传言张启山为这个头领，在山中做了一件事情，从而得到了八十二寨的全力支持。但没人知道这个约定是什么。

这个故事淹没在一众老九门绚丽的民国传奇之中，根本没有人知道它有多么重要，它应该是整个老九门历史拼图中最重要的一块之一。

这里有几个细节。

在张启山进山之前，这个头领已经几乎双目失明，因为没有人记录年龄，所以没有人知道这个头领的年纪有多大，但有人说过，没有见过比这个头领更老的人了。这是其一。

更奇怪的是，这个头领是不睡觉的，每到晚上，他就会面对深山坐下，用失明的双目看着那座山，一直看到日头出来。年复一年，没有人见他睡过觉。他的这个举动，被人认为是在等人。他似乎一直在等一个从深山中出来的人。这个举动估计已经持续超过五十年了。

加上张启山进山，这故事似乎和等待是有关系的。是不是他觉得自己时日无多，要让张启山进山帮他寻找什么？

而在我调查的结果中，事情却变得有些诡异。

因为在张启山从山里出来之后，老人开始闭门不出。而张启山派人守在头领的门口，这件事情还在寨子里流传成了张启山要夺权控制寨子。村里的孩子非常调皮，没有听从管教，就去偷看，还真有小孩子绕过守卫，到了窗口，就看到头领的房间里，没有任何的灯光，只能在月光下看到有一个巨大的土堆，堆在房子的中间，那土堆中还有东西在动。这些土的颜色不是寨子附近的土，带着一种奇怪的青灰色，当地人叫它七窍玲珑土。

苗族有土姑娘的传说，传说有女子浑身赤裸，只生活在泥土里，以裸尸的面目出现，勾引沿途的货郎，拖入土中，吸食血肉。湘西有记载，有从泥石流中冲出腐烂的女尸，但是腹中都是人的指甲，这些一般会被认为是遇难的村姑，但也有人说，有一些是因为山体坍塌，被碎石裹死的土姑娘。

于是寨子里开始传言，头领的房间里，关了一个土姑娘。一个月之后，头领从房间里出来，那土堆就消失不见了。张启山也由此成了上宾。

张启山到底为头领做了一件什么事情山中有什么，那些土又是什么来历？

我是从湘西当地县志中的一件事情，得到了启发，继而解开了整个真相。

第二章 换尸草

湘西有一些县志的记录官很是调皮，这里多来往客商，所以各地传闻很多，他们一一都记录在县志之中，多有阅读的乐趣。

往缅甸边境的西江的某个寨群中，有一个叫十孔的寨子藏有一种草药，名字叫换尸草，换尸草有横根和竖根两种，吃了可以在怀胎的前三个月里，随意改变婴儿的性别。十孔是个非常神秘的寨子，几乎不和外面通婚，近亲结婚现象十分严重，早年间几乎就是靠贩卖这种草药为生。换尸草比较罕见，要进到深山才能采到，由专门的药师进行调制，传女不传男，当地男女人口比例几乎一比一，似乎印证了它的功效。

这种精准到可怕的性别比例，后来据说是因为一个可怕的“骗局”而来，换尸草就像是当地一种约定俗成的骗局，事实上，当男女人口比例失调的时候，为了维持换尸草神药的神话，当地人会用酒溺死婴儿，重新达成性别的平衡。

这个骗局的识破源于一个官吏对于“失去的两年”的刨根问底。这个官吏发现十孔的孩童年龄结构异常，一个家庭经常会出现相隔三四岁的孩子，而当地人大多不采取避孕措施，按道理孩子的岁数应该更接近。但实际却不是这样，这里有很多孩子之间相隔三四岁，还有的相隔五六岁，那个官吏就认为，在这些家庭的大孩子和小孩子之间，还有一个孩子失踪了，甚至还有一些家庭，中间失踪了两个孩子。

这些失踪的孩子去了哪里？官吏后来调查到，是被寨子中的鬼师，用烧酒直接溺死的，而且是在孩子生下来的当场。据说用烧酒溺死的人，不会那么痛苦。

到底是溺婴的残忍陋习，还是神药，到现在都没有一个确切的定论。

不过可以肯定的是，十孔溺婴的尸体证据，从来没有找到过。在传言里，人们都说孩子的尸体是要被带到深山之中，交给传说中的山娘娘照顾的。

这个山娘娘，和湘西的土姑娘传说十分相似，都是生活在土中的女性。

县志的另外一个故事中，记录了在八十二寨子外的深山里，有几个土匪，杀人之后，就将人抛入一个天坑之中，尸体堆积在一起。后来有一次，他们被剿匪的官兵追捕，也逃入天坑之中，就看到他们之前抛下的所有尸体都被拖入了土中，血肉都被吸食干净了，他们才知道这里竟然成了土姑娘的老巢。而在尸体中，竟然有一个奄奄一息的女婴，一身酒味，被他们救了上来。他们一开始以为这个女婴就是土姑娘的幼体，长大了是要吃人的，于是想等她长大一点去城里卖了换钱，没想到女孩子越养越可爱，最后养出了感情。那女孩子成年之后极其漂亮，成了当地有名的花匪，继承了养父们的一身本领，残忍无比，杀人如麻，又天真烂漫。

后来那些土匪们分析，这个女孩子，应该是抛入山中的女婴尸体，可能是十孔中有人旅居到此，贩卖换尸草，将这个陋习也带了过来。小姑娘从小活跃，肺活量大，烧酒没有将其溺死，反而成就了她之后的好酒量。

女孩子长大之后，自然是要寻找自己的亲生父母，于是带着匪帮的十三人，来到了十孔寨子中，但不知道为何，杀光了十孔所有的人，最后将这个寨子整个烧了。也不知道那个女孩子在十孔，到底知道了什么真相，才做出了如此极端的事情。

之后女孩子到了湘西，以十三人的匪帮起家，打出了八十二寨子，这就是八十二寨子的由来。这是发生在六百多年前的事情了。

这十三人的匪帮，就是八十二寨最开始的十三个土司，到了后来，后代兼并相伐，结构发生了多次改变。那个女孩子没有后代，而剩下的十二个人，都有后代传下来，到了这一代的头领，就是那十二个人后代中的最后一个。因为八十二寨子在湘西相对稳定，所以这个故事还是被完整地记录了下来。

除了这个故事之外，还有几个传说，和整个事情有关。

一是，有土姑娘的地方，就会有换尸草长出来。第二就是，八十二寨的头领，代代相传，在山中供奉着什么东西。这个神秘的东西只有八十二寨的头领才有资格知道。

我当时听完这个，第一反应就是心里咯噔一下，我有一个直觉，张启山进山，是和那个山中供奉的神秘东西有关，而这个神秘的东西，和六百年前的那个来历不明的女婴，也有关系。

第三章 猎神

我到八十二寨调查这件事情，是在夏天，湘西出奇的闷热。八十二寨的说法早就没有了，土司也早就消失了，但连绵在山中的寨子还在。

我寻了很多个当地民俗学的学者，有些还写着湘西题材的报告文学，但都没有关于八十二寨那个头领的故事，这在当地苗族几乎属于最高机密。但是，在民间走访百岁老人，就会发现有一些老人，都记得苗寨中有这么一个人。我后来变换方向，往宗教和神话方向去探寻，发现八十二寨有很大一部分在贵州境内。这块区域比我想的要大很多。

而在贵州的部分，就有一个非常清晰的传说，讲的是某些黑寨子里的头领，偷偷供奉山中的怪物当山神，从而获得更长的寿命。而每一次得到山神的允诺，则需要这个头领供奉身上的一样东西，通常都是眼睛、手指，或者一块血肉。

当年二月红护送大土司进入死人谷，就是一种将夭折的孩子送给山神的仪式。孩子，也算是一种血肉。说明这个传说是有广泛的基础的。

那么八十二寨子的那个头领，供奉的神秘东西是否就是山神，他和山神之间是否也有所交换？

头领让张启山进山，是带去了什么祭品呢？又交换了什么出来呢？

结合所有的背景，我把《盗墓笔记》中，一个我小时候非常喜欢看的故事挑了出来。这个故事是我爷爷平时当作寓言故事给我讲的。这个故事的主人公，名字叫叶福大，是一个军官。因为这个故事里有诸多细节，和我调查出来的八十二寨太过于相似，我一直怀疑这个故事和张启山有关。再到后来，胖子和我说，叶福大倒过来，不就是大佛爷吗？我才恍然大悟，几乎可以肯定这就是同一个故事了。

在这个故事里，苗寨的大土司，也就是现实中的头领，确实希望叶福大将寨子中的一个孩子带入深山，交给山中的山神，以换取苗寨接下来五十年的安全。

当地还有一个传说，六百年前，从山中出来过一个少女，以少女的身份，体验了人间的情爱，但是那个少女其实不是人，在四十多岁的时候，她就逐渐长成了另外一种生物。在临走之前，她要求和她一起生活的人，每年都要提供人的血肉给她，让她可以在山中生活。否则，她就会出山捕食寨子里的人。同时，她允诺如果每年都能得到供奉，她会给予寨子的统治者更长的寿命。否则将会出现一年没有存活新生婴儿的灾难性杀婴事件。据说在历史上，曾经有头领反抗过，那几年，几乎所有的新生婴儿，都被怪物猎杀了。以至于所有人最后连提都不敢提这件事情。

六百年后，张启山进入寨子听闻了这件事。真实的内情已经不可知了，我只能推测，他也许听到寨子的头领和他说了山神的可怕。以张启山的性格，这种食人山神的故事，他未必相信，但是这样的传说，仍旧还有生命力，让张启山认为过于食古不化。于是，我有一个大胆的猜想，这个故事也许是这样发展的，张启山和头领约定，以后长生的福报，由他提供。而山中那个食人的山神，也应该改朝换代了。

于是张启山带人进山，开始了对这个山神的狩猎。

张大佛爷猎神这种故事，对于我这种从小叛逆，认为人就不该守规矩的人来说，简直是爽快中的爽快。

这是何等的气魄，我小时候时常幻想自己骑着马进入深山，去猎一个山神。这也让我明白了，世间没有什么是不可以挑战的。

花了一些笔墨讲清楚了来龙去脉，接下来，就是我抄录张大佛爷猎神的整个故事。爷爷每次大概要花两个晚上讲完，说长不长说短不短，里面有些细节非常精彩，是不可多得的睡前消遣。

第四章 进山

张启山带进山的都是张家亲兵精锐，清一色的冲锋枪和德国造手枪，一人双马。按道理进山带骡子更稳妥一些，但骡子只能负重，如果要打猎，还是得靠短距离冲锋的能力。

湘西的山中原本有些地方有当年的官道，打仗打来打去，早就不见了踪迹，头领送他们进山。他此时并不知道张启山是要去猎神的，只是将一个孩子交给了张启山。

“这是寨子里的婴儿。”头领对他道，“我已经太老了，眼睛也早就奉献了出去，如今连年战乱，找不到进山祭神的路了，你帮我完成这件事情，我就答应你的请求。”

张启山看着那个孩子，是一个小男孩，有着当地人特有的深邃五官，长大了应该是一个英勇的苗族武士。

身后是孩子的父母，父亲的眼中满是麻木。对于八十二寨里的男人来说，这些年死太多人了，无论是军阀混战、土司相伐，还是抗击日寇，死亡和失去已经让人彻底麻木。但母亲心中的痛苦还是无法抑制，她不停地痛哭。

张启山点头告别，一行三十人，就开始往山中走去。从寨子往后山有一条捕猎小道，是猎户常走的，沿这条道要走上一周，才能进入真正的深山。

当时他的随行警卫官叫作张小鱼，他背着孩子，觉得十分别扭。

走出去几公里，后面相送的队伍才停下来，慢慢看不见，张小鱼就问张启山："将如此重要的祭神之事，交给我们这些外人来做，是否太过草率了，八十二寨那么相信我们吗？"

"我打听过，以往随头领进山的人，没有一个出来的，每次都是一行人进山，只有头领一个人出来，所以祭品可不仅是孩子。"张启山说道，"这一次我们逼头领太紧了，估计头领是想将我们也送入山神口中，他们没觉得我们能活着出来。"

"啊，这怎么能行，我们怎么能让他们得逞？"张小鱼道，"八十二寨和我们关系一直不错，怎么忽然间下这样的杀手？"

"这里环境太过恶劣，最近更是如此。人心善恶是激烈变化的，对错也因环境的改变而改变。头领对于八十二寨的苗民，有着极大的责任，在他们的善恶面前，我们是可以被牺牲的。"张启山看着面前的原始丛林，两座巨大的野山已经出现，中间的峡谷叫作黑天门，过了这里，后面就没有官道了，行进的路线会非常复杂，只有最厉害的猎户，才会在里面狩猎。

过了这里，野兽就会多起来，但还没有到山神的区域。张小鱼做了个手势，四周警卫兵都开始打起十二分的精神。

"也是。"随后，张小鱼拍了拍身后的婴儿，那孩子出发之前被灌了一点酒，现在睡得很香。可以预见醒了发现没有妈妈在身边，估计会号啕大哭一阵，什么妖魔鬼怪都会被引过来吧。

"您觉得那个山神是什么？"张小鱼继续问张启山。

张启山道："只需要当它是猎物而已，这么多年来，你有见过比我们更凶残的东西吗？"

这时候在张启山身后传来一个瑟瑟发抖的声音："佛爷，知己知彼，百战百胜，你不能轻敌啊，这东西可是活了六百多年，期间肯定有不要命的猎户想要擒杀，都没有成功，说明这东西是经历了历史的考验的。”

“我最讨厌长寿的东西了。”张启山回头，就看到齐铁嘴缩在队伍里面，手里拿着一把王八盒子。

“你可把枪收好了，别走火伤人。”张小鱼道。

齐铁嘴嘿嘿一笑，把枪塞回兜里：“你放心，我出发之前已经算过，这一次是无惊无险，还有艳遇，说不定回到苗寨，就有苗女垂青，齐家就有后了。”

“你可知道与苗家结亲，你得躺在竹床上，被他们家所有女眷用指甲在身上掐出无数乌青。因为苗女跟了你，所有吃的苦，他们一并在结婚之前就给你清算了。”张小鱼道。

“不会的不会的，我家的苗女，肯定心疼我，和我一起逃了去长沙。”齐铁嘴扶了扶眼镜，看着四周的大山，“这湘西到处都是养尸之地，佛爷，你说这山神，会不会就是山谷之中古墓里的老尸，生活在七窍玲珑土里。”

张启山看着四周的大山没有回答，这风水格局诡谲多变，一座山正看侧看三四种解法，都各不相同，简直妖冶。难怪湘西会有那么多诡异的故事。

一路继续往前，长话短说，过黑天门一周之后，马队已经走到了林子最密的地方，这些马都有灵性，勉力往前，在山谷中找路前进。实在遇到灌木密集的地方，它们就停下来，由开路兵下去开路。

忽然开路兵回来，说前面有苍蝇聚集的声音，张启山策马硬踩着灌木过去，进入到一片山谷的密林之中，就看到有一个猎户的尸体，被扒了皮，低矮地吊在遮天蔽日的密林之中的一根藤蔓上。

人已经死了有六七天，苍蝇已经聚集了起来，密密麻麻，虽然脚被藤蔓缠着倒吊，但尸体的头却被埋入了泥土之中，而埋住他头的泥土，和四周的泥土有些不同。

第五章 尸体

张小鱼想要下马，被张启山拦住了。

张启山指了指地面。这种情况，很有可能危险是来自地下，在马上至少可以有一个缓冲。张启山活动了一下脖子，策马向尸体走去。

灌木很高，马走得很不舒服，也无法直线前进，只能寻找空当。张启山绕着尸体走一圈，以螺旋的方式走到尸体面前，苍蝇被惊开。他对一边的亲兵挥了挥手，亲兵砍掉一边一根一人多长的树枝，丢给他。

张启山用树枝拨开掩盖住尸体的土，就看到尸体的头部已经没有任何皮肉，天灵盖上有一个大洞。

“脑浆被吸走了。”张启山道，“老八，说说。”

“海内北经，蜪犬如犬，青，食人从首始。穷奇状如虎，有翼，食人从首始。所食被发。在蜪犬北。一曰从足。”齐铁嘴说道，“《山海经》里说，蜪犬和穷奇都是从脑袋开始吃人的。”

张启山回头看着他：“你是说，这是我吃的。”

“也有可能是蜪犬吃的。”齐铁嘴默默地躲到张小鱼身后。

张启山一刀砍断藤蔓，尸体掉在地上。齐铁嘴继续道：“聊斋中也有一种怪物，只知道外形如野狗，吸食人的脑浆。”张启山就问道，“为何人皮没了？难道只吃皮，不吃肉吗？”

“取皮常常不是为了吃，而是为了穿。”齐铁嘴道，“我们要小心，也许猎的东西，穿着人皮似人。”

“也许就是你的姻缘呢。”张小鱼笑道，“八爷也不要嫌弃了，毕竟是个山神。”

这里离头领说的区域尚远，张启山有些奇怪，为何在这里会看到这样的景象，难道确实如头领说的，这里连年战火，山中的山神已经被惊动，离开了深山，开始在寨子附近捕猎了。

他想了想，忽然有液体滴到他脸上，他抬头，就看到树枝上有血在往下滴。他顺着血迹往前看，发现这里的树枝上都有血，有些在藤蔓上，有些在枝丫上，形成了一条血线。显然这尸体是被人在树枝和藤蔓上拖动过的，最后才拖到这里的。

张启山顺着血迹往前，挥手让其他人注意，心中疑惑，这尸体似乎一会儿是被地下的怪物袭击，一会儿是被树上的东西袭击。为何会有两种那么奇怪的痕迹同时出现？

“取一点这个土，我看着不是很像这里的土，继续往前。”齐铁嘴对张小鱼道，一边就跟着张启山往前，走了不到一百步，张启山又停了下来。

前面又出现了一具尸体，同样被扒了皮，满身的苍蝇。

但是这东西似乎不是人，张启山缓缓靠近，发现也不是野兽，这尸体，他从来没有见过。似乎只有两肢，身体很长。

他回头看了一眼齐铁嘴，齐铁嘴也满脸惊奇，他缓缓地靠近张启山，张启山靠在马上，脸色凝重。这是个怪物。

齐铁嘴看着那尸体，不自信地说道：“如果我看得没错，佛爷，这是一只贰负。这是一种蛇。”

“它有人脸。”

“这东西非常凶，食人脑髓，生活在地下，刚才那尸体，应该就是它吃的。但是它——”齐铁嘴纳闷道，“怎么也死了？”

第六章 诱饵

张启山回头看着齐铁嘴，就笑："什么？你再说一遍？"

"佛爷，这是个怪物，叫作贰负，是一种人面蛇，吃人脑浆，刚才那猎户就是它吃的。如今它也死了，山中一定有更加厉害的怪物。"齐铁嘴说道。

张启山摆手："你过来。"

齐铁嘴看张启山表情不善，立即摇头："我不，我不过去。"

张启山看了一眼张小鱼，张小鱼点头，然后踢了一脚齐铁嘴骑的马的屁股，马悠悠往前，就来到了张启山身边，任齐铁嘴怎么拉也拉不停。

张启山看着他，阴恻恻地邪笑。齐铁嘴捂住鼻子，看着那贰负的尸体，脖子都扭过去了。但是此时，他也意识到张启山为什么让他靠近一点。

因为这不是贰负的尸体，这是由一具人的尸体和一条大蛇拼接起来的。

齐铁嘴尴尬地朝张启山笑笑，表情阴沉下来，故意装作匪夷所思："这又是为什么？将人的尸体和蛇相接，这有什么用意吗？这里离寨子很远了，难道是——土著？"

这里寨子林立，部分土著部落结构非常奇怪，有一些部落非常发达。但有一些非常原始，衣服都是麻制的，几乎是处在奴隶制度下。

当时的德国人在这一带考察，发现这里部分土著部落有猎头的习俗，而且每个部落都有自己特有的宗教仪式。这将蛇和尸体拼凑，应该是有智力的人干的。土著部落是一个很好的解释。

张启山默默地看着尸体，没有下结论，他策马做手势，所有人下马。一行人训练有素地把马藏匿起来，子弹上膛，匕首都磨锋利了，张启山就道：“这个杀人的东西，不知道是什么，但非常调皮，它是在玩尸体。这个世界上，我见过最凶残的人，乐于玩弄尸体的人，都是把尸体当成活人在玩弄。但这个东西不是。”

齐铁嘴立即理解了张启山的话，回头看那具形似“贰负”的尸体。这个杀人的东西，它把人的尸体当成没有生命的肉块在玩弄。说明这个东西，是没有世俗的人性的。

一行人戴上可以隐蔽的树叶斗篷，几乎可以隐入丛林之中，张小鱼就道：“这里离我们的目的地还有好久的路程，不能在此停留太久，今晚入夜之后，把这里地毯式搜索一下。”

齐铁嘴问道：“能找到吗？”

“那东西就在附近。”张启山看了看四周的密林，空气非常潮湿，到处都是瘴雾，虽然有一些阳光，但阳光也是闷在林子里的，没有任何透爽的感觉，“它不会离玩具太远，很可能现在它就在看着我们。”

齐铁嘴就道：“我们这么多人？有老虎也被吓跑了，而且还有您这么一位在这里。您看看您，什么东西敢靠近。”

齐铁嘴看着张启山的四周，似乎是张启山体内的血比较活络，气血旺盛，瘴气靠近他都会被轰开，似乎有一层气在他的身体四周。

张启山看着齐铁嘴，想了想："你说得有道理，这样吧，我们改一下策略，小鱼，让八爷今晚落单一下，作为诱饵，我们跟在后面。"

齐铁嘴瞪大眼睛："佛爷，你才是在玩弄人性吧？"

张启山道："放心吧，无惊无险，你算过了。"一行人都开始暗笑，齐铁嘴立即掏出铜钱，又开始算。张启山就对张小鱼道，"小鱼，准备一下那个东西，等一下给八爷穿上。"

"什么东西！"齐铁嘴又惊了一下。张小鱼把孩子抱到怀里，逗了逗，说道，"张家的秘密武器，下斗神器，你一定会喜欢。那佛爷，这孩子……"

"这孩子极少哭，将来不得了，带着他猎神，你做好保护。"张启山玩了玩孩子的脸，就看到那孩子死死地看着他们头顶的一棵树。张启山忽然生出一丝警觉，回头看着树上，树上什么都没有。

第七章 哭声

齐铁嘴身上被绑上了一个链子甲一样的背心，在背心上，绑满了手榴弹。

夜色已经慢慢深了，林子里到处是夜枭的叫声，还有各种虫鸣。夜晚湿气更重，所有人身上几乎都是湿漉漉的。蚊虫倒是还好，张家人在身边，几乎没有蚊子。

齐铁嘴看着张小鱼摆弄自己的盔甲，就道：“你说，佛爷是不是针对我？”

“佛爷这么做一定有理由的，不会贸然让你进入险境的，他一定有十足的把握。”

“如果有十足的把握，手榴弹是否就可以不要了，我包里还有十几个苞米，你帮我替换了手榴弹怎么样？”

“佛爷说，如果你被怪物拖走了，丛林之中估计也很难救回来，直接拉响手榴弹，你也算为八十二寨立下了汗马功劳。”

“我明白佛爷的十足把握是把握在哪个方面了。”齐铁嘴说。

张小鱼道：“佛爷说你自己算过了，应该会坦然面对。所以，这根手榴弹的拉线就交给你自己了。”

“我不会拉的，我要喊救命到最后一刻，惨叫，让张启山内疚一辈子。”

“我们会内疚的，放心，八爷。”张小鱼给他准备妥当，就给了齐铁嘴一个风灯。风灯是特制的，用一根棍子插背心上，高高地悬挂在齐铁嘴脑袋上面，这样不至于走远了看不见。

其他人全部隐入黑暗中，一下子，齐铁嘴什么都看不到了，仿佛丛林中只有自己一个人。

"会内疚的，会内疚的！骗鬼呢。"齐铁嘴冷静了一下，也豁出去了。确实如张启山所说，他对自己的卦象十分放心，就大摇大摆地在丛林中走起来，一边走，还一边唱，"张大佛爷草菅人命啊，他没良心，我手持钢鞭，将其打啊……打不赢。"

齐铁嘴唱的是绍兴地方戏，所以南方口音很重，他就赌张启山这个北方人听不懂绍兴话。走了有半个时辰，什么事情都没有发生。他一遍一遍地绕圈子，走着走着，他就开始有点害怕起来，因为后面一点动静都没有，忽然他就开始幻想，自己是不是走丢了，身后根本就没有一群人、一堆机关枪跟着。

"佛爷，你要是还在，就叫一声？"齐铁嘴对着四周的草丛说道。

没有人回应他，他走几步又问一遍，还是没有人，齐铁嘴就开始发毛了："佛爷，这时候别耍人玩，你就算丢块石头，也让我知道一下啊！"

还是没有任何的回应，而且齐铁嘴此时忽然意识到，四周的鸟叫声、虫叫声都消失了，整个丛林里一点声音都没有，只有潮气在树干凝结，滴落下来的轻微水滴声。

"你不要告诉我，那东西现在就在我身边。"齐铁嘴说道，立即就摸出了手榴弹的拉线，一边拔出手枪。

就在这个时候，齐铁嘴忽然听到身后传来了一声婴儿的啼哭声，他立即转头，那啼哭声就在身后六七步的灌木丛里。

齐铁嘴松了口气，又吊起一口气，孩子哭了，说明张启山他们就离自己六七步远，但孩子一哭，张启山岂不是暴露了。

孩子的哭声越来越大，齐铁嘴有点不知所措，就听到那孩子的哭声开始一点一点朝自己靠近了。

齐铁嘴忽然觉得不妙，这张小鱼背着孩子朝自己爬过来了？但为什么灌木丛几乎没有什么动静？

正想着，忽然就在他的左边，又传来了一声婴儿的啼哭声。

怎么有两个婴儿？齐铁嘴惊讶万分，这密林子里，他们带一个孩子进来已经很离谱了，怎么这里还有一个婴儿？

地里长出来的？

两个婴儿同时哭，齐铁嘴一下就意识到，左边的那个婴儿，才是他们从村里带出来的那个。另外那孩子哭起来就很敷衍。

但朝他爬来这个是什么？那婴儿的啼哭声，瞬间就到了齐铁嘴的面前。齐铁嘴举着枪，已经做好了黑暗中出来一个怪物的准备。忽然，那传过来的婴儿的啼哭声就消失了，只剩下张小鱼那边的婴儿哭声。而且那哭声越来越远，似乎是张小鱼把孩子抱远了。

齐铁嘴举着枪，满头大汗，就看到一个人影子几乎就是从他身边站了起来，齐铁嘴吓了一跳，但立即发现那是张启山。张启山一个飞跃，扑入他面前的黑暗中，一下就扑中了什么东西。

佛爷一直就在我身边保护我呢，齐铁嘴意识到张启山从来就没有离开他三步的距离，心中一暖，十成把握是这个啊，但刚才他放了好多臭屁，佛爷岂不是……忽然面前传来凄厉的婴儿的惨叫声，之后所有的动静都消失了。

张启山从黑暗中走出来，手里提着一个奇怪的球状物体，齐铁嘴一看就知道，那是一个什么东西的头颅。他对齐铁嘴道："你昨晚吃什么了？"

第八章 “畸形人”

一行人蹲在地上，所有的风灯和手电筒都打亮了。

张启山杀掉的怪物就躺在地上，有两米多长，手脚都很短，身体却很长，浑身不长毛，皮肤发白潮湿。

头被拧掉了，应该是先拧断脖子然后用力扯断的。把头放回去，能看到一张浮肿的人脸，犹如巨人观的尸体。没有头发，眼睛特别小。

“这是条娃娃鱼？”齐铁嘴忽然醒悟过来，结合刚才的哭声，还有这东西的样子，这是一条两米长的娃娃鱼。

张启山掰开头的下颚，能看到一口烂牙，密密麻麻地在嘴巴里，那不是鱼的牙齿，那是人的牙齿。人的牙齿是非常容易辨认的。

这是个人。张启山心说：“这是个畸形的人。”

“是人。”张启山按了按尸体的肌肉，“肌肉要长成这个样子，得十几年，这东西起码有十几岁了。是个畸形的人，看皮肤这样，应该长期生活在水里。”

几个人面面相觑，齐铁嘴看着张启山：“为何在这深山里，会有一个长得像娃娃鱼的畸形人？难不成这里还有什么盛产畸形人的部落是我们不知道的？”

张启山抬头看了看四周，表情也很疑惑。

齐铁嘴就问道：“佛爷，这畸形的东西该不会就是山神吧？常言道，一山不容二虎，如果一座山里有一个山神，又有这样一个怪物，是不是怪事太多了？”

张启山还是不说话。

但齐铁嘴看张启山的表情，意识到他心中应该有了结论，以为自己说中了，就继续道：“我觉得我言之有理。如果这是山神，我们就已经完成任务了，应了有惊无险的卦象。”

他想了想，又道：“但为何山神是一个畸形的人？难道是被山寨抛弃的孩童，在山中长大，变成了野兽的模样？佛爷，你们张家见多识广，可曾见得如此畸形的人？”

张启山没有接齐铁嘴的话，而是站起来，拍了拍齐铁嘴，对亲兵说：“把八爷带到那棵树下，让他安静地算一卦。”

齐铁嘴愣了一下，边上的亲兵已经上前，一下架住他，就直接拖走了。

张启山顿觉四周安静了很多，叹了口气，继续看着四周的山势。旁边的亲兵凑上来问：“佛爷，这真的是山神吗？”

“不太像。天下间哪有那么便宜的事情。”张启山道，“根据传说，山神已经活了几百年了，还能和人达成如此坚固的协议，说明它有清晰的智力。山神生活在深山之中，说明它遵守了诺言。而这个东西，拿人的尸体当玩具，将其和蛇拼接在一起，智力低幼，明显还是孩童，而且走出深山，出现在了人口密集区的边缘，这些都不符合描述，应该不是山神。不过现在线索不够，没有必要乱猜。让兄弟们打起十二分精神，这山里的情况比我想的要复杂。今晚就先在这儿扎营。”

一边，齐铁嘴刚拿出龟背和铜钱，就看到所有的张家人开始铲野草、翻土，他叹气：“嫌我烦就直接说嘛。”嘟囔着卜了一卦。

铜钱叽里咕噜滚到地上，齐铁嘴看着地上的铜钱，愣了一下，伏下身仔细一看，顿时脸色惨白，一下坐倒在地。

边上的亲兵问："八爷，这是算到你的姻缘了吗？"

齐铁嘴站起来，无措地看四周。

亲兵吓了一跳，问："怎么了？"

"这一卦有事。"

"不是有惊无险吗？"

"震为雷，震上震下，有惊无险，这一卦还是一样，但你自己看。"

亲兵凑上前一眼就看到有一枚铜钱，并没有平落在地上，似乎落在一个小石子上。

"这里又不是平地，难免会这样，八爷你不要迷信。"

"不迷信佛爷带我来干吗？我就是来负责搞迷信的！"齐铁嘴怒了，"这是雷地豫，是震卦的变卦，说明我们之前的卦象有所变化。我原来的卦象不稳，如果之前是有惊无险，那么如今就往差里走了，我们会遭受一些损失。"

"这卦象还能变的？会是什么损失？"

"我们是求平安，难道还会是钱财损失吗，当然是人手折损。"齐铁嘴伸着脑袋，四处去看，"快看看谁不见了！"

亲兵显然还是信齐铁嘴的，立即也探头，两个人一点人头，瞬间齐铁嘴就想了起来，亲兵也想了起来，异口同声道："那孩子！"

刚才婴儿哭了，张小鱼将婴儿快速抱走，如今一眼看去，只有他和孩子不在这里。

齐铁嘴冲到张启山边上，把这情况一说，张启山立即让人点名，果然张小鱼不在列。张启山就看着齐铁嘴："怎么说？"

“卦象上说，会有人手折损，但卦象未稳，应该还有救。这一卦可能应在张小鱼这儿了。”

张启山让所有人分散，子弹上膛，去找张小鱼。齐铁嘴看张家亲兵瞬间三个人一组，消失在丛林里，十几秒内，这里只剩下他一个人和一群马，目瞪口呆。

齐铁嘴转头看了看四周，确实一个人都不剩，忽然觉得空气中凉飕飕的。他默默地走回了自己刚才卜卦的地方，蹲了下来。

他看着地上的铜钱，不知道为何心神不宁，他觉得自己还有所疏漏。这种感觉之前极少出现。他既不是轻敌，也没有大意，但他还是觉得自己有所疏漏。

他拿起三枚铜钱，忽然发现第三枚铜钱之下，并不是一块石子，而是一块白色的玉石一样的东西。

他拿了起来，仔细看了看，冷汗就出来了，他意识到这是一颗牙齿，是一颗人的牙齿，但有正常人牙齿的三倍大小。

牙齿掉落在这里已经很久，表面都干化了，他深吸了一口气，回到刚才的娃娃鱼尸体边上，闭气努力扒开那娃娃鱼的嘴巴，对比了一下牙齿。

那嘴巴里腥臭无比，齐铁嘴眼泪都快被熏出来。他看到捡的这颗牙齿，远比娃娃鱼的牙齿要大很多。

这个时候，他忽然感觉到远处的黑暗中，树冠动了一下。

齐铁嘴看着那黑暗的方向，就发现那里的一棵树其实不是树，而是其他什么东西。

他吞了一口唾沫，听了听四周的动静，张启山他们没有回来，心里就暗骂：“该不会折损的人手是我吧。等一下张小鱼抱着孩子回来，一看我死在这里了。”

他的目光不敢离开那个位置，身体慢慢地缩到树的后面，他虽然视力不好，但是已经充分意识到了，那不仅不是树，还应该是一个巨大的生物。

齐铁嘴几代单传，这么低的生育率没有绝种，自然有齐家特有的保命能力。他深呼吸几口气，然后缓缓地趴到地上，给自己的身上覆盖上枯叶。

这林子里的枯叶下面，全是腐殖质的黑泥和黑水，齐铁嘴悄无声息地将自己埋了下去，只露出一个鼻孔。

他尽量让自己平静下来，慢慢地，他感觉到地面震动，因为耳朵埋在黑水里，他听不到声音，但他能意识到，有一个巨大的生物，在慢慢靠近他所处的这块区域。

第九章 断手

张启山他们在往西半里的地方，发现了张小鱼的踪迹。

天气闷，他们先是听到了苍蝇聚集的声音，顺着声音寻找，发现了一处灌木中有血迹。

血迹浓郁，流血的东西得有一个非常大的伤口才能形成这样的痕迹。这里全是灌木，这道血迹一直在灌木丛里连绵了十几米，都沾在叶子上，或蚊子苍蝇扎堆。

循着血迹，他们一路找过去，很快他们开始听到婴儿的哭声，所有的手电筒照过去，看不分明，只看到很多的飞虫。张启山走过去，就从灌木底下抱出一个浑身是血的婴儿来。

是刚才张小鱼抱走的那个孩子，在孩子的身子下面，有一只断手，死死地拽着孩子。

断手是张小鱼的，是被活活撕裂的。

张启山动了一下脖子，眼神变得非常阴沉，他领口下的文身闪现了一下。

血迹到这里就断了，张启山仔细查看灌木的叶子，发现血迹到了这里，有往上的趋势，于是翻身上了顶上的大树。果然，在树上他看到了更多的血迹。但仍旧没有看到张小鱼。

“他是在树下遇袭受伤的，然后被拖到了树上。”张启山道。

树底下一个亲兵问：“是野兽？”

张启山看着树干的血迹，上面有一个巨大的手印，他把自己的手放上去，这手印非常大，得是他手的三倍。

“用蝙蝠哨通知所有人汇合，马上回去，事情还没完，这里还有一只娃娃鱼。”张启山跳下树道。

“还有一只？”

“对，而且比刚才那只大了三倍。张小鱼应该就是被它袭击的。”

“那我们不继续找了吗？”亲兵有些惶恐，难道佛爷认为张小鱼已经死了，可以放弃了。

“张小鱼功夫不弱，他没有逃脱，说明这怪物很厉害，刚才那只小的袭击八爷的时候，是在灌木中潜伏而来，我们这么分散地找下去，人不一定能找到，自己反而会被各个击破，先汇合，然后烧林子，把这里全点亮了胜算大一些。”张启山招呼人别多问，这一队快速往回跑。

一路跑回到留下齐铁嘴和马的地方，就闻到了一股巨大的血腥味。

所有的马都不见了，地上灌木上全是血，血都是从头顶滴下来的，张启山抬头，就看到所有的马都被挂在树上，马头全部都被撕掉了，不见踪迹。只剩下躯干在疯狂地流血，下雨一样落到下面的灌木上。

“妈的。”张启山道，他环顾了一下四周，忽然喊了一声，“老八！”

没有回答。

“谁看到八爷了？”

所有的亲兵都摇头，这个时候，张启山发现亲兵怀里的那个孩子，还是直勾勾地看着一个方向。那是他面前偏左的位置，一片漆黑的方向，那里有一棵大树，因为光线很暗，只能看到树的影子。

婴儿看着那棵树，发出“咯咯”的笑声，张启山盯着那棵树，忽然就意识到，那并不是树。

第十章 追击

张启山看着那个树一样的黑影。

他发现那不是一棵树，不仅仅是因为婴儿看着那个黑影，这个孩子的眼睛似乎和其他人不同，他能在肉眼极难分辨的复杂光线下看到东西。同时也是因为，那个黑影形成的树的轮廓，和他刚刚杀掉的娃娃鱼很相似。

那似乎是一只站立的巨大娃娃鱼，因为身上覆盖着很多树叶，就和一棵大树一样。

如果是普通人，是绝对不可能在黑夜中那么轻易就发现这个问题的。就算是受过训练的人，也得有人指着那个方向，才能看出来。

张启山先做了一个动作，所有人都看向那边。

“你就是山神吗？”张启山问道。

那“巨大娃娃鱼”一动不动，张启山用手电筒直接照了过去，被太多的树冠挡住了。在他准备让所有人开枪的时候，他听到了从那棵树上传来了张小鱼的声音。

“佛爷，不……不能……不能开枪。”张小鱼说道。

张启山用手电筒去搜索张小鱼，就看到那棵树缓缓地退入了手电筒找不到的黑暗中，张小鱼的声音也远去了：“这……真的……真的是……山神，不能开枪。”

声音越来越远，慢慢地听不到了，手下想要追，被张启山拦住了。

“佛爷！”亲兵都非常着急。

张启山说道：“它在勾引我们过去。”

“小鱼副官他……”

“不是野兽，不要轻敌。”张启山看着那婴儿，婴儿还在看着山神离开的方向，“先把八爷找出来，这事只有他能解释。”

齐铁嘴被人从枯草堆里挖出来的时候，整个已经是一个黑人。

他不停地咳嗽，嘴巴里吐的全是黑水，身上全是各种软体的虫子和蚂蟥。

张启山给他一个一个烫掉，齐铁嘴就道：“佛爷，商量个事，以后你们走的时候，知会我一声，我一个人看营地，其实没有什么意义。谁来了我都打不过。”

张启山就问他道：“你怎么解释？”

齐铁嘴问张启山：“你看到那东西没有？”

张启山说：“张小鱼凶多吉少，你最好别卖关子。”

齐铁嘴就道：“现在咱们能确定这东西就是山神了吗？这东西那么大，这方圆几十座山，肯定都是它的活动地盘。就不可能还有其他的山神和它争斗。”

亲兵说道：“刚才小鱼副官说那东西真的是山神！”

张启山凝神皱眉，心中想张小鱼说的话。

张小鱼是什么出身他很清楚，不是村野里抓来的壮丁，是随他从东北出来的兄弟。东北张家人受的教育很严苛，不会轻易对一件事情下结论，除非他看到了无可辩驳的证据。

所以张小鱼说这真的是山神，不能开枪，一定是有坚固的依据的。那么人看到了什么迹象，会认为一种生物一定是神？

如果这东西就是山神的话，事情倒是好办了。他看着齐铁嘴问道：“你有什么建设性的解释没有？”

瘴气弥漫，其他人都聚了过来，张启山看着齐铁嘴，让其他人检查子弹，同时指了指山谷两边的山腰，在山谷里跟踪很容易跟丢，怪物藏在密林中，有时候错过了都不知道，最好的跟踪是在两边的山腰，视野好而且还可以互相照应。

齐铁嘴道：“你得让我好好研究一下之前那具尸体，我才能告诉你可能是什么。”

张启山直接把“小娃娃鱼”尸体的脑袋丢给齐铁嘴：“你带着好好研究，我们要上路了。等这次回去，我一定好好宣传你卦象不准的事情。”

齐铁嘴万般嫌弃地抱着娃娃鱼的头，回答道：“卦一定准的，如果不准，只有一个可能性，才会出现这种情况。”

“什么？”

“佛爷，我们的对手，不在五行之内。不是咱们这个世界的东西，可能真的是山神。”

张启山看着那个婴儿，婴儿开始毛躁起来，看样子那怪物已经离开了婴儿的视线。没有其他东西吸引他注意力，他有点委屈起来。

张启山还在想张小鱼为什么说这个是山神，他一定是看到了什么，但细想已经没有时间了。他对齐铁嘴道：“不在五行中的东西，杀得死吗？”

齐铁嘴被这个问题难住了，张启山拍了拍他：“打个赌？杀得死的话，你在我布防官府门口站一个月的岗。”

说着，张启山按照自己的想法来行事，让齐铁嘴去另一队带队，自己则带着婴儿和人往左边的山脊上爬去。

和齐铁嘴一分开，手下人就问他，为什么要把齐铁嘴支开到另一边去。张启山就道："八爷其他不行，自保还是家传的高手，此外，他不在，我们行动可以贴得更近。"

两队分开，张启山带着队伍迅速爬到峡谷左边的山腰，山腰树林茂密，在林间行走基本看不到峡谷底部的情况。要不时地爬上树冠，往峡谷中眺望。

月色下，峡谷底部犹如一片树的海洋，这个峡谷往里非常平坦，好像一个小小的平原夹在两座山的中间。最开始的时候，还能看到峡谷的中心，有一些树冠在接连抖动，似乎有巨兽在拨开大树前进。

张启山喃喃自语了一句"山神……"，就命令所有人顺着抖动的方向慢慢地跟了过去。

跟了一段时间之后，峡谷变得非常广阔，两座山的距离拉开了，抖动就不见了，只能随时看被惊飞的鸟，知道那下面有东西在动。

一路跟了大概两个多时辰，就再没有鸟儿惊飞，同时婴儿被带到树冠上之后，直直地盯着峡谷中的某一处。

怪物回到巢穴，大概率会进食，张启山知道自己不能等了。他回头看了看对面的山，因为距离太远，已经完全看不见齐铁嘴他们了，也看不见灯光。如果他料想得不错，齐铁嘴的脚程和自己差了一倍，应该还在一个时辰之前的位置。

第十一章 等什么

夜雾浓重，温度稍有些下降，齐铁嘴带着一群亲兵已经前进了两个多时辰，肉眼判断并没有前进多少距离，齐铁嘴已经筋疲力尽。跟着他的亲兵十分着急，说：“按这个脚程，佛爷已经把我们落下十万八千里了。”

但即使这样说，亲兵再着急也不敢把齐铁嘴扔在这里。齐铁嘴是真的尽力了，第一次休息的时候一边掐着自己的人中，一边双眼翻白，累得随时能晕过去。一行人只能等他缓过来。就这样从一开始行军两个时辰休息一次，到后来半个时辰休息一次，到最后，几乎是走几步就要停一停，亲兵们终于放弃了跟上张启山队伍随时准备支援的想法。

但之后干什么，他们也毫无头绪，毕竟走也走不快，而齐铁嘴也不给任何的具体指示，所有人进入了一种迷茫的状态，气氛十分的低沉。

齐铁嘴明白这种情况，无奈他实在没有体力去解决这个问题，也只能假装不知道。

再一次休息的时候，有一个亲兵忍不住问齐铁嘴：“八爷，您这身板根本不适合行军打仗，为何佛爷每次都带上您？真的是您算卦准吗？我看佛爷几乎都不听您的啊。”

齐铁嘴瞪了他一眼：“我和佛爷的感情，岂是你们这些小辈能够理解的？”

另一个亲兵就道：“我听九门中有人说过，佛爷次次把您带上，是因为佛爷担心他不在长沙，您会被人乱棍打死在街头。”

齐铁嘴一下满脸通红，怒道：“胡说！那佛爷不在，有二爷在，有五爷在，我也不至于被打死。”

虽然话是这么说，但是齐铁嘴知道，自己对于长沙一带的各种奇闻、民俗异术、魑魅魍魉、风水气运，十分精通，张启山带他，主要是因为他这百晓生的能力。此外，张启山也不是不信他，而是没法信。

齐家三不算，文麒麟的不算，是因为有一些文麒麟的人，不在五行之内，这天下各种命运线里，唯独文麒麟的人，线不是固定的，所以你算不出来，也解不开难题。张启山的命格很奇怪，身上文着一只穷奇，所以这人的命运并不是不可捉摸，可齐铁嘴算他，时准时不准，非常的奇怪。

见亲兵们露出鄙夷的神态，齐铁嘴就说道：“佛爷是金刚，那是打头阵的，我是师爷，师爷是要动脑子的，这不是佛爷让我单开一个队伍，带着你们慢慢地想，因为佛爷睿智，知道他行军速度太快，我跟不上，他急于救人，肯定会疏忽这背后的来龙去脉。所以，他让我们慢慢地走，慢慢地想，等他在前方把人救到了，我也把这事儿给想明白了。我们一汇合，实践和理论相结合，就把这事儿彻底地解决了。”

亲兵们都似懂非懂。有一个亲兵就问道：“那您想明白啥了？现在反正也走不动，您还不如跟我们说说，让我们也长长见识？”

齐铁嘴盯着那个亲兵，清了清喉咙，就说道：“你们这些小崽子，我不露几手给你们瞧瞧，你们肯定到佛爷那说我坏话。听好了，根据我的分析，咱们进山之后遇到的两个怪物，那是一母一子，那小的三米多高，它的老母有七米多长，我在路上仔细看那颗人头，佛爷说得没错，那就是畸形的人。那为什么说是母子不是父子呢？那是因为我躲在枯叶之下的时候，那老母走过我的身边，我闻到了浓浓的血味，那血味，你们不懂，那是一种特殊的女人的血味。”

众亲兵都露出了猎奇的表情：“您是看到啥了，这血怎么特殊了？”

齐铁嘴敲了其中一个人的脑袋：“我看没看到，重要吗？”

“是是，是我唐突了，您继续说。”亲兵们讪笑道。

“我那时候默念阿弥陀佛，一动不敢动，但我确定，那就是一母的，那你想啊，孩子在这，母的在这，爹去哪了呢？”

众人面面相觑，不敢下结论。

齐铁嘴继续道：“咱们再说回我们出发之前，你们还记得寨子里那个头领吗？你想他双目失明，却一直看着山的方向，好像在等一个人出来，当年都是他带着婴儿进山，献祭山神的。传言，这些头领很多时候也会拿自己身上的器官跟山神交换，那你们说他的眼睛会不会就是跟山神换了东西呢？”

众人细思极恐，不敢插话。

“再想想，想要一个男人几十年如一日地望着山里，等什么人出来，你们觉得会是什么原因？”

有亲兵说：“山里有人欠他钱！”

齐铁嘴就道：“放屁！一看就知道你毛都没长齐。能让男人这样的，只有一个东西——女人！但是山里哪有女人啊？山里没有女人啊，我一路就奇怪这事，直到我看到这个七米高的畸形大女人，我就明白了。这山里是有女人的。”

所有亲兵都倒吸一口冷气。

“八爷，八爷您疯了吗？那头领是真的瞎了！他要是几十年如一日在等这么一个女人，那头领真的是一个非凡的男人啊。”

齐铁嘴说道：“跟你们说一个经验，你想，这一山不容二虎，这里应该只有一个顶级猎食者，但这山里到现在为止已经出现两个怪物了，你说他们不是山神，我现在都不信。那么故事应该是这样的，当年头领进到山里祭奠的山神就是这个畸形大女人，这个畸形大女人不仅身体畸形，同时，精神也畸形，喜欢吃小孩。但头领不知道什么原因，爱上了这个畸形大女人，并且在一次献祭之后，两个人还行了苟且之事，怀了一个孩子。之后，头领回到了寨子里，因为双目失明，无法再进山献祭，但对此女魂牵梦绕，所以日日望山思念。而此女山神在山中独自产子，却也是个怪物，本来山中的猎物仅够此女山神一人食用，多了一个孩子之后，狩猎范围扩大，就开始与寨子里的猎户产生冲突了。这头领啊，发现了猎户死亡事件增多，就意识到他的孩子和爱人已经出现在寨子附近了，害怕他们吃不饱，于是将我们召集起来，送入山中，此乃一个大阴谋啊！我们就是头领送给自己老婆孩子的美食。”

所有的亲兵都不说话了，沉默良久，一个最小的亲兵举手道：“一个一米多，一个七米长，怎么苟且？”

第十二章 土姑娘

齐铁嘴就道：“这就是我这个推论最大的疑点。”

有亲兵道：“这个疑点也太大了吧？”

齐铁嘴道：“你们还记得寨子里的人说的山神的来历吗？他们说这个山神就是寨子的创造者，当年的土姑娘，那个女人美若天仙，艳冠整个寨子，但是这个七米长的怪物连人都算不上，这不可能啊？但我的推论很合理，所以，我就尝试弥补这个缺陷，后来，我想到一种可能性，你们想想，如果这个头领见到这个怪物的时候，这个怪物还不是怪物，还是那个美若天仙的土姑娘，而他见完这个山神之后眼睛就被拿走了，他在人世间留下最美的人的印象，就是那个土姑娘，他是否就可以行苟且之事，可以魂牵梦绕了？”

所有人陷入了沉默，有一个亲兵问道：“您是说，那土姑娘怀孕之后，才逐渐变成怪物？”

齐铁嘴点头。

“八爷，您此番推论，把握是多少？”

齐铁嘴不理他，继续说道：“我再给你们讲讲土姑娘是什么，你们就会发现，我的推论十有八九是对的。”

齐铁嘴的土姑娘传说，比我收集到的，要丰富很多。土姑娘，传说是最早在泥石流中发现的赤裸少女，一开始很多人都以为是寨子里的遇难者。但后来有人处理尸体的时候，发现不对，这些尸体有的腐烂断裂，从内脏的胃里，他们发现了人的手指、牙齿。

也就是说，这些少女是以吃人为生的。

少女被发现的土层都很深，不懂行的人说，泥石流滑坡的时候，这些少女应该都在泥土的深处躲着。因为发现土姑娘的时候多数是冬天，所以有传言，她们与青蛙和蛇一样，会在土层深处冬眠。泥石流爆发，整座山坡滑动，她们在睡梦中被巨大的冲力搅拌而死，才被人们发现。

土姑娘在后来的传说中，变成了生活在泥土之中，以美色勾引猎人，将其拖入地下分食的怪物。而在齐铁嘴的叙述中还提到了一个点：有人曾经发现，在发现土姑娘的泥石流里，一般都会有一种特殊的泥土。

这是七种特殊的泥混合起来的泥土，都是在几百米深的地下才会出现。传说土姑娘挖入地下深处，取出了这种“七窍玲珑土”，混合在一起，给自己在地下做窝。这个窝非常大，在地下有十几吨的量。如果土姑娘多，这种土可以达到几十吨的量。泥石流翻出来的时候，这种土在阳光下会有流转的色彩，让人印象十分深刻。

“传说啊，这种土非常值钱，有巨大的药用价值，于是以前有人就在冬天，挖这种土出来卖钱，那土里面的土姑娘就因为土层变薄，活活冻死了。”齐铁嘴再次上路的时候，对亲兵们说道，“如果侥幸活下来的土姑娘发现了玲珑土被偷，就会暴怒，如果她们短时间内找不到新土，就会慢慢地暴露在空气中，变成巨大的怪物，从而袭击寨子，在水下或者地下一个一个杀光寨子里的孩童和落单的村民。”

“八爷，您这最后说的，是自己编的吧。”亲兵质疑道，齐铁嘴就嘿嘿笑着不回答，他知道自己已经唬住了这些大头兵。

那个最小的亲兵忽然问：“八爷，您的意思是说这土姑娘最早是人的模样，后来变成七米多长的娃娃鱼，是因为她的七窍玲珑土被人偷了？”

齐铁嘴别有深意地说：“没错，你们觉得会是谁偷了她的土呢？”

亲兵们都好奇地问：“是谁？”

齐铁嘴笑笑不答，只说：“这个我还没有想明白。”

这结论他内心自然有，但他毫无证据，甚至连这七窍玲珑土的故事，也有不少部分，是他自己杜撰的。他只知道《述异记》中记载有这么一种怪物，躲在特殊的土里，形似人类，离开土壤时间太长，就会变成怪物。

他天然觉得，这个怪物，和这土姑娘的传说，有所关联。

这土姑娘作为山神，如果真的爱上凡人，不仅自己的玲珑土被偷了，还受孕产子，那这件事情里，最可怕的东西，竟然还是外世的男人。

不过人世间的事，似乎大多如此吧。

一行人歇息够了，再次上路，所有的亲兵都被齐铁嘴最后卖的关子搞得云里雾里，也不再催促，让齐铁嘴好好继续琢磨。齐铁嘴拨开灌木艰难往前，他心里知道，真正需要他思考的，不是这些背后的故事，而是头领让他们进山的真正目的。

也许是这个男人欺骗了山神，发现山神出山报复，于是找他们进山阻截；也许是他不相信张启山可以猎神，于是希望山神吃光这支队伍，饱腹之后退回到山中去。但当时，头领的表情，总会让人觉得不舒服，似乎背后还藏有一些不为人知的目的。

齐铁嘴还想起张小鱼的那句话：它真的是山神。

这背后一定还有隐情。只希望张启山能够随机应变，他之前的卦象松动，说明整件事情里，有一个环节发生了变化。这个变化肯定是五行之外的变化，所以他之前是算不到的。事到临头了，才开始出现端倪。

那才是最要命的情况。

第十三章 大榕树

张启山一行人快速进入峡谷下方的树海，朝婴儿目光注视的地方赶去。

没有人可以像他们一样行军，几乎是见缝插针。这下面的树林密集，大部分地方都无法通行，树木盘根错节，藤蔓犹如编织的网一样，各种角度横亘在空间里。但张启山一行人，犹如水一样，在这些障碍物之间，几乎没有停留地快速奔跑跳跃，从缝隙中快速越过，或者干脆攀爬过去。

张启山很快就知道了，为什么走着走着，那怪物就不见了，因为这树海底下，很快出现了沼泽。

这个峡谷大量积水，怪物进入沼泽之前，应该是贴着树冠爬行，像树栖动物一样。但是到了沼泽地带，它立即就沉入了沼泽里，在沼泽下方快速游泳前进，只在换气的时候出水。

出水的瞬间，大概就是鸟被惊飞的时候。

那张小鱼可千万别淹死了，张启山心想。

一路迅速地靠近，四周越来越死寂，很快，他们发现整个林子安静了下来，一点活物的声音都没有了。

而张启山也意识到他已经靠近了，因为他发现他们进入了一片特殊的林地。这里的植物和外围的完全不同。靠近怪物栖息的森林，全是榕树，按他的经验，这片榕树林，其实是一棵榕树发展而来的，独木成林。这片森林的中心，一定有一棵他这辈子都没有见过的，真正的“大树”。

榕树有强大的固水作用，在榕树林中，蚊虫非常多，而且非常密集，比外面的林子里还密集好几倍，他们都看到蚊群几乎充斥着所有的缝隙。但是四周鸦雀无声，连蚊子都没有声音，似乎这里的生物都被进化出来，不能发声。

边上的亲兵抓了一只，月色下也看不清楚，他放到嘴巴里嚼了嚼，轻声说：“有血味，是吸血的，但不像蚊子的口感。”

尝水和尝虫是张家的技能之一，很多时候，在视野不好的情况下，需要大量依靠味觉和嗅觉来判断周围的情况。

张启山他们上树，在榕树蔓延的枝丫上行走，可以免于涉水。这里到处是气生根，犹如帷幔一样，视野非常不好。一路往前，张启山就看到了那棵大树。

那真是一棵巨大的榕树，它没有一根独立的树干，它的本体是由无数的长大的气生树根凝聚而成的，因为这些气生根已经比一般的大树都要粗了，所以它们之间的空间已经非常狭小，看上去就像是一棵树一样。

有多大呢？在张启山看来，这棵树就和森林里的一堵墙一样。他一挥手，所有人都趴了下来，开始在树枝上爬行。

榕树所有的树枝，几乎都是相连的，还有很多藤蔓和青苔附在上面，比较隐蔽。树干群里面，一片漆黑。

张启山低头看婴儿，那孩子的眼睛死死地盯着树根群的最里面，似乎和这个山神有什么感应。怪物就在这片漆黑里吧？他想。

他等不了了，一挥手，所有的人都开始往这树干群里小心翼翼地爬去。

刚爬进树干群的区域，张启山就听到了咕噜咕噜的声音从最深处传出来，他们摸黑往里爬，爬得很慢。慢慢地，四周就完全一片漆黑了，只剩下头顶的月光也极难透过树冠，对下面有什么影响。

里面的蚊子更多了，但是这些蚊子飞舞的时候确实一点声音都没有。

那咕噜咕噜的声音，非常奇怪，让人寒毛直竖，犹如有什么怪物，在快速地吞咽液体。

张启山活动了一下脖子，心说千万别是张小鱼被吃了。

顺着咕噜咕噜的声音往里爬，就发现这里的榕树干上全是洞，是用爪子挖出来的，里面放满了骨头。张启山看不清，但摸着就知道有人骨和兽骨，骨头都用植物纤维编织的麻绳串了起来。

大块的骨头都被敲碎了，和棍状的东西穿在一起，似乎是一些装饰品。再往里面，他忽然看到了前面出现了火光。

张启山确认了一下四周的人，都隐没在黑暗里，有没有跟上不知道。他小心翼翼地往里爬去，就发现这个巨大的树干，或者说树干群的中间，是被挖空的。大概有四五根巨大的气生根被砍掉了，剩下的是最原始的那一棵榕树母干。那真是巨大的树干，大概三十多人才能环抱，上面无数的枝丫辐射出去。

火光来自风灯。在主榕树树干的某一个枝丫上，挂满了风灯，估计都是被怪物杀掉的人留下来的，都被收集了起来，而只有一只风灯点着。那巨大的怪物就趴在那根风灯枝丫下方的一根更加粗大的枝丫上。

而张小鱼就趴在那怪物的身上，一动不动。

第十四章 刺神

一盏风灯，光线非常微弱，那怪物就像是一只巨大的婴儿蝾螈，或者是人的胎儿没有发育成熟，却无限长大变成的样子。怪物雪白的皮肤非常病态，它大概有六米多长，手臂则更长，这个距离，怪物的手可以直接伸到张启山面前。

另外一个黑暗的角落中，有一个亲兵探出了脑袋，用手势问张启山，要不要动手。

张启山摆手，他穷尽目力，去观察张小鱼的状态，突然意识到，张小鱼现在和这个巨大的“婴儿蝾螈”有一种诡异的互动。

这个动作姿势，如果他没有猜错的话，这个怪物正在喂张小鱼吃奶。

张启山能看到张小鱼卧的地方，就在怪物胸口的突起上，那是怪物的乳房。

仔细看，还能看到这怪物长有头发和体毛，张小鱼的表情看不清楚，似乎已经昏迷了，又或者完全沉浸在吸奶。

远处的亲兵在给张启山打手势，问他怎么办。

张启山看了看四周的环境，这里太安静了，如果再靠近，怪物很可能发现他们。

但是这个距离，如果他以最快的速度直接跃起飞过去，用匕首刺入怪物的脑门。就这么三四秒的机会，他相信这么暗的光线下，没有任何动物可以反应过来。

他也仔细看了那怪物身上，没有看到任何“神”的痕迹。张小鱼说那句话，他无法理解，难道是张小鱼和它交手的时候，感受到了巨大的差距？

张小鱼的功夫不弱，在几个副官里，张小鱼应该算前三，这怪物能够重伤张小鱼，确实不能轻视。

而且，这到底是什么怪物，是如何产生的呢？这东西身上有很多人的特点。

想着，忽然张小鱼就开始咳嗽，那怪物把张小鱼扶起来，张启山发现这乳汁竟然是黑色的。而且，怪物的指甲死死地扣在张小鱼的头皮里，指甲直接刺入了头皮很深。

来不及想太多了，张启山做了三个动作，第一个动作表明他要奇袭，第二个动作表明所有人在他奇袭重伤对方之后，一齐开枪，阻止对方在死前追过来，第三个动作，表明如果自己奇袭失败，那么所有人全部出来，吸引山神的注意力，伺机再找机会。

三个动作做完，他稍微活动了一下关节，拔出军刺反手握住。

这怪物的脑袋很大，头骨肯定很厚，军刺必须全部刺入头部，才可能重伤它。想着，他往树冠上方爬去，爬到树冠里，看着几根树枝的位置，忽然加速。

张启山是用了最大的爆发力跳的，第一跳他几乎跳出去一半的距离，落到一根中间的枝丫上，然后踩着枝丫狂奔了十几步。

那怪物瞬间转头，看向张启山。此时，张启山已经第二次跃起，瞬间就到了怪物的面门，军刺直接就刺了过去。几乎与此同时，张小鱼的身体如鬼魅一般，挡住了军刺的路线，张启山差一点就刺穿了他。

张启山反应很快，立即凌空翻身，落到怪物的身上。结果它身上特别滑，全是乳汁，他一下滑倒，军刺一下刺入怪物的肋骨里。借助这一阻滞，张启山才没有摔下树去。怪物张大嘴巴，竟然没有发出惨叫，但表情极其痛苦，一下把张启山甩飞。

张启山控制自己的姿势，直接落进下方的沼泽，同时听到枪声四起，亲兵开始开枪了。

第十五章 你到底是谁

张启山从水里爬了上来，抓着一根气生根，快速爬回了树干。瞬间，所有亲兵的枪声，都听不见了。他顾不上这些，快速爬到树冠里，刚站稳，就看到张小鱼的脸从一边的黑暗里探了出来。

是那怪物单手抓着张小鱼的脑袋，把张小鱼提溜了过来，张启山刚想开枪，忽然听到张小鱼开口说话了。

“你是谁？”

张启山愣了一下，忽然意识到不对。张小鱼完全翻着白眼，根本没有意识。

谁在通过张小鱼的嘴巴和他说话？怪物？

“你是山神？”

“为什么杀我的孩子？”

怪物的脸也从黑暗中探了出来，露出了满嘴的牙齿。

这东西起码有十几排牙齿，全部是乱长的，现在嘴边全是血。

“你吃人？”

“人好吃。”那怪物通过张小鱼说道。张小鱼嘴巴的动作幅度，和怪物嘴巴的幅度一模一样，看上去让人毛骨悚然。

“吃人就要死。”张启山说道。

“我不要死。”

“由不得你。”张启山近距离拔枪，对准怪物的脑门，怪物瞬间就把张小鱼挡到了自己面前。

张启山无法开枪，这怪物看着体型庞大，但是速度非常快，每一次张启山快速移动枪口的时候，它就抢先把张小鱼挡在面前。张小鱼就开始“笑”，每一次移动，他都会发出几声笑声。

张启山怒了，不是愤怒这怪物戏弄自己，而是愤怒它像对待玩偶一样对待张小鱼。他突然发难，直接把枪往天上一扔，然后人就一个翻滚冲了过去。

张小鱼直接朝他撞了过来，张启山像泥鳅一样，一下从张小鱼的腋下钻了过去。

这是人类才会用的技能，贴着一个人用最快速度把自己移动过去，一般是用于贴身搏斗。

那怪物显然没有想到张启山还有这样的动作，一下脸就直面张启山的军刺，后者没有直接冲向怪物的脑袋，而是反手一下把军刺刺入怪物的肘关节。

军刺一下就刺穿了，张启山是对准关节的软骨刺进去的，那怪物想收回手，但是关节被卡住，他无法灵活地移动，手一下砸到边上的树枝上，张小鱼直接从他手里脱手，掉了下去。

这里还是非常高的，张启山心中一惊，但那怪物的另一只手，一下凌空捞住了张小鱼。

同时，张启山的枪从半空落了下来，张启山一把接住，直接顶住怪物的头。

张小鱼忽然说：“我会杀了他，如果你开枪。”

张启山直接开枪，他扣动扳机的速度极快，瞬间把子弹全部打完。子弹全部打进了怪物的脑子。怪物一下子倒靠在枝丫上，不动了。脑浆和血快速地流出来，顺着枝丫往下滴落。

僵持的时候，越犹豫，人质越危险。

张启山重新上了一个子弹匣，又补了一弹匣，把怪物的头盖骨都打碎了。

然后他去抱挂在怪物手上的张小鱼。

这怪物的指甲，死死地扎入了张小鱼的头盖骨，刺入了他的大脑，指甲非常细长，犹如针一样，似乎这些针在人的大脑里可以控制人说话。他小心翼翼地把指甲从张小鱼头上拔出来。

整张头皮已经惨不忍睹了，他把张小鱼放到枝丫上，摸了摸他的心跳，心脏还是在跳动的，只是双眼翻白，张启山见过这种情况，头部中弹，大多数都是这个模样。

他不知道能不能救回来，只能先止血。然后他快速翻到原来风灯的位置，对着黑暗中发出信号。

没有一个亲兵回应。

他一盏一盏地点燃风灯，挂到各处的枝丫上，把这里照得尽量亮一些。

到处是血，枪落在枝丫上，有些枪已经折断了，有些掉在水里，但是一个人都没有。

张启山心中有些寒意，难道，刚才的那个瞬间，人都被杀了吗？可那怪物并没有太厉害，为什么会有那么大的损失。

正想着，他忽然听到了一声婴儿的啼哭，从头顶的树冠处传来。

张启山朝着婴儿啼哭的方向，慢慢地摸过去。那怪物的头已经被他拧了下来，挂在风灯边上。张小鱼躺在原地，还在深度昏迷。而张启山缓缓看到，树冠的深处，那个婴儿竟然独自站在一根枝丫上，正在假模假样地哭泣。

是在假哭，虽然发出了哭泣的声音，但婴儿的表情很平静，而且死死地盯着张启山。他不仅能看到张启山，而且似乎看得非常清楚。

“你到底是谁？”张启山问道。

对方没有回答，而是晃晃悠悠地朝张启山走了过来，做着要拥抱的动作。

第十六章 麒麟纹

此时此刻，张启山不知道的是，齐铁嘴的队伍已经非常靠近这片榕树林了，但是他们没有继续靠近，齐铁嘴在远处一棵树的树冠上，焦急地眺望这里。

“八爷，为什么我们不过去？”

“那是棵榕树，对吗，特别大的一棵榕树？”齐铁嘴问。

亲兵点头：“刚才探过了，是榕树。佛爷已经进去了，我们也赶紧过去吧。”

“等一等。”齐铁嘴说道。他看着四周，原来他们现在所处的这个地方，是整片山谷中的一个高地，这个地方的树和其他地方明显不一样，这里的树林非常稀疏，亲兵问他，“怎么了八爷，这个时候可不能犹豫啊！”

齐铁嘴说道：“这是盘龙立柱的格局，四周山势如龙，但是龙头往下，这个在小风水里被称为‘罪龙’，这条龙是有罪的，所以被困在这里。所以中间这棵树才能长这么大，格局上这条龙是盘在这棵树上的。这棵树的根系一定非常发达，就像锁链一样把这条龙锁在这里，如果那个山神是在这里生活的话，它只可能生活在那棵树的区域里，因为这个山谷所有的地方都会有瘴气，但是这棵树里面，空气一定是好的。如果前面那棵榕树是山神的巢穴的话，这个位置就是最好的祭祀的位置，你看这里的树明显被人为加工过，这里明显是个祭坛。”

众人四望，发现这里地上的落叶比其他的地方要厚很多。

齐铁嘴仔细勘察了方位，让所有人耐着性子，把地面的叶子都扒开来，就看到下面埋着一些小小的、古旧的石像。

有亲兵认出了这个东西就叫道：“这是山婆像！”

齐铁嘴就说：“什么山婆，山婆是这里的人对于这里所有山神的总称，这里的人还挺聪明的，能看出来这个山神是个母的。”

齐铁嘴正在惊讶这个祭坛的简陋，就有人喊道：“这里有很多扎染布。”

原来拨开了落叶之后，就看到落叶下的黑泥水中，全是扎染布，有些已经腐烂了，有些还保存得不错。这里的苗民有将祭祀愿望写在扎染布上，并将布挂在树上的习俗，看来历代许愿用的扎染布都已经掉落了。

果然没错，那些头领们就是在这里做的祭祀。齐铁嘴心道。

他让亲兵把所有的落叶都清理出来，在地面上清出了一块大概十几平方米的区域，只见下面密密麻麻全部都是扎染布。

其中一名亲兵拿起了一块相对保存较好的扎染布来，上面的字迹隐约可以看清。

齐铁嘴接过扎染布，仔细看着上面的字道：“这是板塘苗文，距今只有几十年的历史，你看下面这些，大部分都是用古苗文写的，古苗文只在极少的苗人中流传，外人都以为这种文字已经失传了。”

亲兵就问齐铁嘴：“那这个什么塘的苗文，写的是什么意思啊？”

齐铁嘴仔细看了看，脸色慢慢变得苍白，道：“献祭婴儿一名，望山婆用树蛊之术，将其寿命转移到献祭者身上。”

说完，齐铁嘴若有所思，亲兵也不敢打扰他，就默默地看着他。

齐铁嘴想了想，忽然跑到了刚才看榕树的位置，突然倒吸了一口冷气，一拍大腿："我明白了。"

亲兵们立刻喊道："八爷您倒是说啊，急死我们了。"

齐铁嘴就说："你们看到那棵榕树了吗？那不是一棵榕树，那是一个容器，是个树蛊。苗民崇拜山婆，是因为山婆就是女性的山神，有放大蛊的能力，这个山神寄居的大榕树就是个下蛊的容器，山神可以在大树之内把一个人的寿命转移给另外一个人。你们还记得我们刚到寨子里的时候，头领已经老得不成样子了，看上去好像活了好几百年了，也许他是真的活了好几百年了。这一次头领让佛爷带着婴儿进山献祭，我们以为献祭的是婴儿，其实献祭的是佛爷啊！"

亲兵们都知道佛爷体质和常人不同，寿命极长，现在听齐铁嘴这样说，都倒吸了一口冷气。这头领是想长生不老啊。

齐铁嘴擦了擦汗道："你们得想办法通知佛爷，要赶紧出来。"

"八爷，您不是说，算出来咱们这一趟是安全的吗？"

"这蛊不是人世间的东西，非人非鬼，所以算出来未必准确，但我也没想到，会不准成这样。那还有一个原因，到底是什么呢？"

想了一路，还是没有想明白。齐铁嘴不禁想抽自己两个嘴巴，到底疏忽了什么。他再次盘算起来，齐家三不看，外国人不看，文麒麟不看，奇闻阴谋不看。张启山身上文的是穷奇，虽然困难，但齐铁嘴也不至于算不准成这样。队伍中也没有外国人。而奇闻阴谋不看，不是指看不准，而是指看了不吉利，不愿意引火烧身。

齐铁嘴想了半天，又看了看林子里，难道这件事情里，有一个文着麒麟的人介入了，但是还没有露面？

齐铁嘴看亲兵没有啥反应，心中默念了几句，心里担心张启山，还是往榕树林爬去。亲兵立即就跟了上来，齐铁嘴明白这些当兵的除非有精确的命令，否则是不会自己妄动的。

齐铁嘴虽然是市井师爷，但也知道行兵打仗，排布的是人命，有些人有这个命格，可以以人命为棋盘，掌大义而灭人心，少有人用人命做调度还能不出错的。

所以他仔细一想，自己指挥也只能指挥个球来，万一一个不好，把人指挥死了，自己这辈子不安生不说，命格上也可能会背上太重的业数。

不如就把所有人都当成自己比较好，他对后面挥手，指挥所有人趴成一条毛毛虫的样子，一点一点往榕树林挪动过去。

第十七章 婴儿

在榕树林内部，张启山完全没有想过离开这里，他死死地盯着那黑暗中的婴儿，婴儿也盯着他。

“你到底是什么东西？”张启山问道。

小婴儿“咯咯咯”地笑，在离张启山三十步远的地方，停了下来，张启山举枪对着他。他愣住了，表情也变得狰狞起来。

婴儿在这个时期，表情时而狰狞，时而可爱，时而市侩，都说是孟婆汤的劲还没过，上辈子的记忆还在影响他。

张启山明白，眼前这个孩子肯定不是普通的婴儿，彼此的目光对峙中，张启山能肯定，那婴儿在思考。张启山继续道：“你不要装了！你根本不是孩子。你到底是什么东西？”

那婴儿的表情却一下又变回到迷茫，注意力被边上的蚊子吸引，似乎刚才的那些行为都是偶然产生的。

张启山不敢轻视，仔细观察，看了一会儿，这婴儿似乎完全变回了普通的孩子，他心生疑惑，蹑手蹑脚地靠近，来到婴儿的身后。

说实话，他并不害怕这个婴儿会突然袭击他，因为和所有的婴儿一样，看体态就能看出他身体发育是不够的，力量不足以伤人。但他刚才那几个突如其来的表情，就如同市侩的成年人。

张启山收起枪，从旁边折了一个榕树枝，做了一个类似于逗猫棒的玩具。

这是小时候父亲给他做过的，他记忆当中为数不多的玩具之一。

他给那小婴儿逗着，那小婴儿的动作捕捉能力很强，很快就被那玩具吸引，逐渐放松了下来，并且开始笑了起来。张启山过去，将其重新抱了起来。

就在这个时候，那小婴儿的表情忽然又变得狰狞，但却不是看向张启山，而是看向张启山身后，嘴巴动了动，似乎说了一句："小心。"

张启山回头，就看到怪物耷拉着脑袋又爬了过来，它挥动手臂，一下把张启山从树枝上打了下去。

张启山在空中变换动作，摔入水中后立即把孩子托出水面。巨大的怪物一下从树冠跳了下来，张启山看到它的腋下，竟然还有一个人头。

双生连体！

那小脑袋正好在山神乳房的位置，张启山意识到，刚才张小鱼恐怕不是在吃奶，而是在——接吻？

那小小的脑袋，有一只眼睛是睁不开的，而且位置也不是特别舒服，所以张启山顺利躲开了第一击。他转头去看，有一杆冲锋枪卡在树墩子上，于是直接冲过去，一手托着孩子，然后一把把冲锋枪单手抬起。

枪管已经弯了，他又躲过一击，抬手把孩子往天上一丢，用力把枪管掰直了。

那怪物被孩子吸引了目光，用爪子去拍那个孩子，张启山举起枪一个扫射，打得怪物一下缩回了手。

他跳起来再把孩子接住，怪物已经躲到树枝之间的阴暗处了。张启山看着孩子的目光，孩子看哪儿，他就点射哪儿。那怪物在黑暗中辗转腾挪，子弹的曳光跟着它，像跟着滋尿一样。

子弹一下子就打光了，那怪物自己从黑暗中冲了出来，已经满身弹痕。

张启山发现这颗脑袋控制身体，并不如之前那么顺畅。

他想了一下，忽然翻跳上树，把孩子往树枝上一挂，直接迎着怪物就冲了过去。

怪物一巴掌打过来，他直接空中转身，掠过巴掌，一下就拽住了它的手腕，在空中荡了一圈，然后落地直接冲向怪物。

那怪物俯身下来，它的双腿在沼泽里，行动稍慢，张启山的速度已经提到最快了，瞬间到了怪物脚下。他也就到它盆骨的位置。怪物整个包起来，想把他按死在怀里。张启山就像刚才绕着张小鱼一样，一下绕着怪物的身体，直接翻到它身后，然后将双手插入怪物的后背，捏住它的脊椎骨，双脚蹬在怪物背上，大吼一声，用力往外扯。

怪物的半条脊椎被他生生扯了出来，脊髓液和神经直接炸了出来。怪物浑身抽搐，一下倒在了沼泽里。

张启山也摔进沼泽，他爬出来，快速来到怪物腋下的脑袋处，拔掉怪物肘关节上的军刺，对准那个脑袋，直接刺穿。

那个脑袋竟然没有头盖骨保护，一下就像尿袋一样泄了，里面的脑浆流进水里，像豆腐脑一样。

怪物彻底不动了，张启山喘着气，身上有六七处很深的伤口，也不知道是什么时候弄伤的，但都没有伤到要害。

他看着怪物，心里说道："还是凡人。"

他爬回到枝丫上，抱回婴儿，那小婴儿这一次已经不看着怪物了，似乎东西死了，他就不感兴趣了。

“你是不是会说话？你到底几岁？”张启山看着婴儿，他知道有一些孩子从出生开始，就不会长大，长得像个婴儿，其实已经是个成年人，他怀疑这个婴儿就是这种情况。或者说，有什么神秘的力量躲在这个婴儿意识的背后，时不时通过婴儿的眼睛来窥探他一下。不管怎么说，头领把这么一个婴儿给他，除了祭祀之外，一定还有其他的目的。

这个时候，他却发现，婴儿的眼睛，仍旧看着某一个方向。

怎么还没完？张启山心说，他抱着婴儿回到张小鱼的边上，婴儿还是一直看着那个方向。他检查了一下张小鱼，情况还算稳定，就直接抓起边上的一盏风灯，直接往婴儿的视线处丢去。

风灯往上飞，一下砸在树冠部分，碎了，火油烧了起来，把那个部分照亮。

张启山就看到一个巨大的黄铜老棺架在树冠上，已经和树几乎融为了一体，被气生根和藤蔓完全盘绕。张启山能看到，上面镶嵌满了各种颜色的宝石。虽然因为蒙尘都暗淡了，但是在火光下，还是反射出光晕一样的闪光。

那婴儿看着这个棺材，目不转睛。

张启山问他道：“这又是什么？”

那婴儿拍了拍手，似乎看到那棺材非常高兴，伸出双手做了一个明显的举动，似乎想让张启山把他抱过去。

张启山没有立即过去，他知道自己还必须要面对一些事情。

第十八章 铜角棺材

张启山到处都找不到其他亲兵，尸体也没有，他剖开怪物的肚子，发现里面全是肉糜。能看到军服的残渣，还有子弹和皮带扣。

这是全部被吃了，而且嚼得稀碎。

他站在怪物的尸体前，久久没有说话。

死亡就是死亡，并没有痛苦和不痛苦的区别，但来的时候，这些人都是活生生的啊。

他看到肉糜之中，有一把信号枪，就拿了出来，爬到树冠上，对着天空打出了信号弹。

命运就是，跟着张启山的人，除了最先重伤的张小鱼，其他人反而都死了，而跟着齐铁嘴的人，都活着。每每都是这样，自己从东北带出来的人，也越来越少了。虽然并不都是张家人，但乡音，越来越难听到了，这不免让他感伤。

但他没有思考太多。

不久后，齐铁嘴他们的哨子声就从林子边缘传来，张启山回喊让他们进来，两边汇合。

一行人看着惨状，都沉默不语。有人开始精细地为张小鱼包扎，有人照顾婴儿。齐铁嘴看着张启山，拍了拍他。把他自己的推论都跟张启山说了，他希望张启山可以给他一些佐证，但后者似乎并不在乎，反而让他去看那个婴儿。一个亲兵抱着婴儿坐在他们对面，他们两个并排，张启山就把这个婴儿的异象一五一十地跟齐铁嘴说了。

齐铁嘴托腮思考，张启山让他一定要研究出个所以然来。此时这个婴儿非常正常，除了还时不时抬头看那个铜角金棺之外，与其他的婴儿无异。

张小鱼的头盖骨被刺穿，不知道有没有影响大脑，那怪物可以通过将指甲插进人脑中控制人，也是神奇。

“张小鱼醒了后，要不要告诉他实情？”齐铁嘴问张启山。

“告诉他实情，事情才过去一半，只有告诉他实情，他真的接受了，过去了，才算真的过去了。”

“佛爷，这不容易过去。”

“世界上真正痛苦的事，都不容易过去，但总会过去。”

“普通人会老，你们——”

“这是已经存在的事实，我们没什么可怨天尤人的。”张启山给齐铁嘴打了一个眼色，两个人爬到了那个棺材之前，张启山问齐铁嘴意见。

“这是口铜棺，古代铜为金，黄铜都是当黄金用的。看棺材，应该是汉代左右了，为何是在树上？”

“刚才是我问你。”

齐铁嘴仔细去看，就道：“你看这株藤蔓，是从棺材里长出来的，盘绕在榕树上，我从未见过。我们家学之中有药理，要辨认百草，如果是其他地方的，我不认识也情有可原，因为我学得本就不是很好，但你看这藤蔓长的，你以前见过吗？”

张启山仔细去看，果然如此，有一株藤蔓是从棺材里长出来的，而且这藤蔓的叶子，长得有点像卷曲的指甲，所有的叶子都是卷曲的，明显和之前见过的植物格格不入。

“这是一口古棺材，你看这藤蔓，从棺材的这个孔里出来。”齐铁嘴指了指棺材的一个孔洞，“这似乎是设计好的，有人把尸体放进棺材的时候，就知道尸体里会长出东西来。”

“为何不是有种子从洞里掉进棺材里？”

“你看这里。”齐铁嘴指了指棺材上的浮雕花纹，只见花纹上画的，就是棺材里长出了一条藤蔓，就像有舌头从棺材里生出来一样。这浮雕是用极小的锥子，一点一点敲出来的，为了能够让沟壑更深，所以每一个线条，都要敲上几千次，才不会被氧化掉。

所以这就是一个盆栽，张启山心说。

“这是什么藤蔓？”齐铁嘴用手电筒照着藤蔓的叶子，“和山神有没有关系？”

“叫人上来，开棺。”张启山说道，“这棺材在这里，和山神肯定有关系，按你的推断，寨子每年供奉婴儿到这里，是为了长生的。这些都是线索，打开棺材，看看里面有没有佐证的。”

第十九章 开棺

亲兵们都上到了铜角金棺边上，大家痛失战友，内心非常悲痛。

一行人在棺材边沉默了一会儿，表情才有所缓和，这是在战场上特殊的仪式。

战场之上的悲伤太密集了，其实并没有太多时间可以让人沉浸其中，这么短短的几分钟就是他们约定俗成的悲伤时间。

之后有一个亲兵把婴儿抱了上来，放到棺材的边上。

在开棺之前，张启山还想看看，婴儿会有什么变化。

那婴儿仍旧是死死地看着棺材，眼神中充满了好奇，张启山问他：“小鬼，有什么要提醒我们的？”

那婴儿完全没有给他反馈。

场面很滑稽，张启山自嘲地看了看齐铁嘴，挥手，让所有人开始开棺。所有人拿出撬棍，有人喷烧酒，有人点香。看烟是否被吸入棺材里面，这似乎是一种张家特有的开棺技巧。如果烟被吸入棺缝里，就说明这棺材里有温度特别低的东西，多数是妖。

“这东西是老的吧，哪个朝代的？”张启山看着其他人准备，就问齐铁嘴。

“佛爷也看不出来？也是，这是非制式的东西，铜角金棺，是汉代末期，用来运僵尸的棺材。但我尚且没有见过纯金做的，都是楠木的棺材，上了金漆，装上铜角。”齐铁嘴道，“找一块化尸地埋下去，三个月尸体就化成血水，免得僵尸伤人。但化尸地都是窨水的下坡，容易发生泥石流，这金漆如果因为泥石流冲出地面，阳光下几十里外都能看到，路人可以回避。”

说罢齐铁嘴用手摸了一下这具棺材，虽然表皮很多地方蒙着灰锈和黑色的污渍，但懂行的人都知道，棺身真的是黄金。

“这棺材那么大，如果全是黄金，那这树支撑不住啊。”齐铁嘴追了一句，“我估计是包金，大家小心，开棺时，里面可能是木头的，已经腐烂了，如果铜角包裹得不好，一撬可能会散架。”

说罢，几根撬杆一下插入棺材缝，往里一顶，然后快速一撬，那棺材盖就被撬了起来。

因为棺材的上方有一个小孔，本身棺材就不是密封的，所以开棺之后，并没有特殊的气味涌出来。只是棺材里显然有很多植物的根系粘连，撬了几下才完全撬开。棺材盖子被翻到一边，风灯照过去，昏黄的光下，众人都发出了惊异的声音。

那铜角金棺的里子，确实不是全黄金的，但也不是木头，而是巨大的象牙，一截一截的都是发黄的，上面沾满了植物的根须，其中还有很多虫子，四散惊逃。

而且这不是普通的象牙，按照记述，这棺材里面，用作棺身材料的，全部都是猛犸化石象牙。这是一种巨大的骨头化石，现在都被用作雕刻和艺术品。

而更让人惊讶的是，在棺材的里面，还有一层棺材，那棺材比铜角金棺小了很多，但是放在铜角金棺里面，大小正合适。这个小棺材是用某种透明的石头做的，样式非常古朴，感觉是当地石器时代的东西了，火光下，能看到里面的棺材里有水，水中有很多影子。

“这又是什么？”有一个亲兵问道。

其实所有人在看到小棺材的第一时间都有一个想法，就是这些影子都像是婴儿。

那棵植物的根系，包裹在这个透明石棺的外表上，根须里细的东西，刺入石棺的缝隙，似乎是从石棺内部的水中吸收营养的。

“你觉得这是什么？”张启山问齐铁嘴。

“似乎是一种先民的邪术，这里面似乎泡的都是孩子，然后，这些尸水，在养这棵植物。”

张启山挥手，手下把婴儿抱了过来，张启山看着婴儿，那婴儿看着石棺中的影子，忽然发出了一声奇怪的声音。

那声音非常复杂，不是婴儿可以发出来的，婴儿的舌头没有那么灵活，但因为婴儿发音还不完善，所以那声音并不精确，一下子不知道是不是真的。

那是三个音节的声音，齐铁嘴惊出了一身冷汗。那婴儿说的是：换尸草。

众人面面相觑，也不知道那婴儿是真的给了提示，还是只是发音巧合。

再等着婴儿继续发声，那婴儿却看着那石棺，缓缓地睡着了，速度之快，简直让人觉得他是故意的。

张启山接过一个撬棍，冲了过去，一下插入那石棺的缝隙。

石棺被树根缠绕得非常紧，就好像被绳子捆了上百圈一样。张启山用了死力气，把透明的棺材撬开。瞬间一股浓郁的香味就冲了出来，张启山屏气把棺材盖子再度打开。

那透明石棺之内，确实全部都是婴儿的尸体。这些婴儿很多都已经泡得发黑了，有一些已经完全浑浊，变成了肉块。尸体堆叠在液体里，这些液体有着浓郁的香味，里面肯定有酒，肯定也有其他的草药。

植物的根须在棺材的内部，全部都长入了童尸的皮肤里，一些形状还清晰的尸体，能明显看到尸体的表皮全部都是皱纹，完全不似婴儿。

齐铁嘴上来，捂住鼻子，他看到了一些婴儿身上有文身，就道："你看，有一些婴儿身上的文身，都是几百年前的习俗了，现在的婴儿出生已经不文身祈福了，这些尸体有些年代已经很久远了。"

"是不是历来献祭的婴儿，都在这里？"张启山问。

齐铁嘴也无法分辨，但他用风灯仔细去看一具童尸的皮肤："这皮肤怎么会这样，这还是个婴儿，但皮肤已经老成这样了。"

"换尸草。"张启山看着那棵植物，长叹了一口气。

"这是很古老的邪术，佛爷，他们确实把婴儿放入这种器皿中，看这样子，是不是婴儿的寿命，会被吸到这棵换尸草里，然后用什么方法，再把这棵草中的寿命，过到祭祀头领的体内，所以这些婴尸才如此苍老？换尸草不光可以转换性别，还可以传递寿命？"

张启山沉默不语。齐铁嘴心说，如果这一次不是张启山如此强大，他是否也会被放入这个棺材里？那以张启山的寿命，这棵奇怪的植物，难道会长成参天大树？

张启山转头看了看那婴儿，婴儿睡得很香，这到底是个什么东西，张启山似乎已经有点数了。他接过孩子，转头就问齐铁嘴："你说身上文有麒麟的人，你是算不准的，对吧？"

齐铁嘴点头，张启山摊开孩子的衣服，把自己的手放到孩子的胸口。

张启山领口的文身一闪，齐铁嘴就看到他手臂上的青筋涨了起来，慢慢地，齐铁嘴看到张启山手掌温暖的地方，孩子的胸口，出现了一个文身的碎片。

文身还没文完，但能看得出，那是一个什么神兽的鳞片的部位。

第二十章 结尾 1

不知道详情的朋友，可以不用太深究，但知道的人，可以深入思考一下。

张家的孩童，也会遭遇类似天授的情况，到底什么原理，无人知晓。这应该是一个普通的张家孩童，麒麟还未文完，不知道为什么会到了头领的手里。

通过换尸草如果能获得其他人的寿命的话，文麒麟的张家孩童，和张启山的寿命相加，这个头领对生命的贪念，到了让人咋舌的地步。

当然张启山也觉得，也许是这个头领误以为，只要是文有麒麟的张家人，都拥有永恒的生命。

他想要的是一个永恒。

但事实并不是如此，这种细节，也只有张启山知道得足够多，那个拥有永恒生命的人，并不是仅仅因为麒麟而获得这样的能力。

笔记中不用详细的收尾，这里简略讲一下之后发生的事情。

对于大榕树的检查，持续了三天，具体信息就不赘述了，牺牲的人统计了。他们对于棺材做了更加细致的观察，特别是天亮之后，齐铁嘴就发现棺材的象牙内壁上，刻满了浮雕。

这些浮雕之密集，犹如象形文字，他使用烧草纸，进行了拓印。所有的资料，竟然都有文字记录附在我看的东西后面。

那些浮雕非常像玛雅文字，但你知道其实不是，这是一种类似的图形，里面的信息量惊人。

记录了棺材的来历，也似乎讲清楚了，土姑娘这种东西和这件事情的关系。

此外，张大佛爷认为这个婴儿似乎有寻找土姑娘的特殊能力。而且在浮雕中，似乎记录了土姑娘在七窍玲珑土之中，是可以羽化成人，还可以治愈疾病和伤痛。

其中的信息，用故事的方式写出来太过繁琐，我会简单地做一个阐述。这个故事十分有趣，虽然其中有很多推断有牵强附会之感，但读着愉悦。特以此记录，希望以后能看到更多这样的东西，充沛我的史料研究。

第二十一章 结尾 2

按照佛爷和八爷在棺材内部看到的浮雕，我大概可以拼凑出一个故事的脉络，在湘西的地下，似乎有一个埋藏极深的遗迹。这个遗迹埋藏的深度，已经超出了人类墓葬所能达到的最大深度的几百倍，所以我可以肯定它一定不是一个古墓，或者某个被地质活动掩盖的古城。

那些土姑娘都是来自这个遗迹当中。这个遗迹是整体被掩埋在七窍玲珑土当中的，土姑娘生活在遗迹当中，这些土之于她们来说就好比是空气之于人类一样，她们可以在其中呼吸。因为没有任何的光线，所以，她们大部分时候都是在黑暗的状态下生活。因为土姑娘即使变成怪物，她们的生理结构也和人类非常相似，所以她们应该是一种特殊的人。而且，她们和人类没有生殖隔离，甚至可以孕育孩子。

那么这个遗迹是如何产生的呢？唯一的可能性就是有人深挖进地底深处，在其中建造了一处可供人生存的地方。

从壁画上的细节来看，这个遗迹非常像一个蚁穴，土姑娘在某些特定的季节，会携带七窍玲珑土来到地面上寻找食物。现在尚且不知道在地下遗迹的核心是否有一个女皇存在，这些来到地表的土姑娘携带食物之后还要返回地下，喂食这个女皇。但是我们能清晰地知道，这棵大榕树之下，应该有一条通道，通向地下深处的遗迹。

因为在连接遗迹的地方，所有的树木都会长得异常茂盛。

但人类是下不去的，我最惊讶的是土姑娘和蚁穴这样的生态系统，似乎是人为刻意创造的，因为那具铜角金棺，就来自遗迹之中。铜角金棺的年代，是在汉代末期，也就是说有很大的可能性，这个遗迹是汉代产生的。

而这些土姑娘还有将婴儿以弃婴的方式交由地面上的人类抚养，以获得教育的举动。建立四十八寨的首领，就是一个土姑娘，她出现在密林当中，被土匪收养，长大成人。在她人生的某一个时刻，她一定遇到了来自遗迹中的信使，被告知了自己土姑娘的身份，于是，建立了四十八寨，并且定下了每年供奉婴儿的规矩。

据说，这个规矩订立之后，湘西各地的婴儿偷窃案件就少了很多，这是否说明，在湘西各地各种婴儿被偷窃的案子当中，有很大一部分都是土姑娘所为？因为现在从偷窃改成了定期供奉，所以地面上的人和地下的遗迹达成了某种平衡，她们将婴儿拖入地下，那也就是说，在那个遗迹当中，有人有将普通的人类婴儿变成土姑娘这种奇怪物种的能力？

但是因为供奉的婴儿并没有要求，是男婴还是女婴，所以要么在遗迹当中，有一种技术，比如说换尸草，可以转换婴儿的性别。（这一点完全是我自己臆测的，且我自己完全不信，只是提出这种可能性以防万一。）要么，就是遗迹当中也有男性的土人存在，只是他们从不出现在地面上。

换尸草也是在这个容器当中交换人寿命的关键，但具体细节已经彻底失传，无从得知。土姑娘使用这种让人长生的方式和寨子里的人达成了交易，但似乎当年的头领确实和土姑娘产生了感情，我甚至怀疑头领失去双眼，是因为土姑娘用了某种特殊的方式，让头领看到了地下的遗迹。之后故事的结尾，有着大量信息的缺失，我们只知道张启山带回了一堆能动的七窍玲珑土，用脚指头去想也知道，里面应该有一个土姑娘。

当时张启山潜下沼泽，并没有在沼泽下发现七窍玲珑土，他应该又费了一些周折，在其他地方找到了这种土。从浮雕中我们也得知，将土姑娘埋入土中，她就能逐渐变回人形。我不知道他最后带回去的那个土姑娘，是从别处重新狩猎到的，作为猎物交给头领，还是他杀死的那个怪物，在七窍玲珑土里面逐渐重生，让头领和他的爱人得以相见，总之，张启山达成了和头领的交易，这个故事也告一段落了。

让我魂牵梦绕的，只剩下那个在汉末，修建在如此深的地下的古代遗迹，这种深度都已经超过了古代小说中关于九泉的记载。我开始思考一个可能性，是否地府阴曹这种说法，并不是幻想出来的，而是古人在某些特殊的文化体系里就修建了这些东西，但是因为这些建筑实在太深了，所以日常工程几乎不可能发现。那么是为什么呢？这些建筑的作用是什么？土姑娘为什么又存在其中呢？

如有进展，我再继续记述。

这一行，

取别人的性命就好像取草芥一样。

然而，他们也都知道，

他们自己的命，也并不值钱。

第三卷

九门那些事

丝 帐

丝帐许久没有换过了。

她半夜入不了眠，睁开眼睛，便看到床边垂下的帐面，在月光下看着有一丝暗淡。原来可是一丝丝地带着光亮，好像最白的银拉出来的丝一般。

果然再好的东西，也总是由好往坏了去。

以往一过立秋，她就会亲自拆下这块帐头，亲自去漂洗。她知道这东西的脾气，得小心伺候着，一寸一寸地过水。

如今不让她下床，这东西没人伺候了，倒也显得越来越不值当被这么细心对待起来。

也许，下一个立秋的时候，才有人敢动这个东西，但那个人，必然不是自己了。

中午大夫和他说的那些话，虽然是在屋外，但是她还是听到了几分，自己的病，不知道还有多少日子可熬。

她舒了口气，胸中的那丝痛楚似乎好了一些。多少日子了？她记不清楚，病中人，数不得日子，她娘自小就是这么教她的。她自小多病，不数日子，不管病了多久，也只算作一日，想起来没有那么痛楚。

可是，自己不数日子可以，他却不会不数。

比起自己的痛苦来，她心中那丝隐痛，更多来自他。这些痛楚的日子，自己一个笨女人能忘记，那个聪明的男人，却记得好比刀刻一样。

以前她还是个小丫头的时候，面摊前吃面的那些个背着货囊账袋的，老娘嘴巴里的精明男人，却没有一个是开心的样子，似乎是有理由的。

她看着那丝帐，思绪又抽了回来。苏州来的师傅裁剪的帐帘用了心思，垂摆的地方很不相同。帐帘的钩子带着翡翠镶嵌的挂条，黄金的部分透雕着鸳鸯。她曾经觉得土气，不过帐钩这东西能做得如此精细，市面上也少见。没得可挑，也就带了回来，和这特别的丝帐放在一起，倒也般配。

下一个帮他洗丝帐的人，会是什么样子呢？这东西价值连城，总不会损毁掉，他也颇喜欢这帐子的质地，应该会留下吧？留下来，总要清洗。

要不要给那个人留一封信呢？她又想，留了，她会不会觉得自己多事？

她心中有些忐忑，有些不开心，又有些担心。

她忽然很不想别人碰这件丝帐，脏就脏点呗，她就想这东西永远挂在这里。

有些心痛，如果可以，她想能够一直这样下去，就算病好不了，一辈子只能躺着，但能每天看到他，她也不想离开。

恍惚中，她又想起了他救她的那一刹那，她被人架在肩膀上，面前是可怕而不可知的命运，她已经绝望了，那个时候，她看到了他，好像看到了最后一根救命稻草。

然后他就来了，她看着他犹如天神一样从天而降，挡在了他们面前。之后的每一句话，她现在都记得清清楚楚。

"你常跟在我身边吧，没人敢欺负你。"

"真的？"

"我这个人，对女人说的话，绝对不会食言。"

他确实做到了，她心想，可惜他没有想到，她能看到的一辈子，却不是他的一辈子。

子夜，她默默下了床，身边的他静静地躺着。在她的身边，他总是可以睡得很沉。她小心翼翼地不发出声音，一点一点地把丝帐拆了下来，在院子中清洗。

病弱的身体，已经很难使出力气，每一次动作，都牵动着她胸口的痛楚，她洗着，脸色越来越苍白，头发凌乱地垂下来。她用湿润的手拂去脸上的碎发，看不清，眼角是沾上的水，还是她的泪。

最后一次，她告诉自己，还是要像往常一样。

她没有看到二月红站在屋内看着她，他根本就没有睡觉。

两个人都没有惊动对方，安安静静地，站在同一片月光下。

神　算

庙会接近尾声了，人稀稀落落，除了街头上几个比较好的皮影戏、西洋画这些摊位，其他的摊子都已经在收拾，很多楼台都被拆得稀稀落落。

街中段的老城庙，还是香火兴旺，赶集的人少了，礼佛的人就多了，一路各种算命的摊子，如今少了大半，只有零星几个还坚持着，显然之前的生意并不太好，希望这庙会的尾声，最后再赚一些结余。

忽然，在街头人群熙攘的地方，人声鼎沸起来，一行大队伍分开了人群，一个穿着便装的人，在众人的拥护下，往老城庙走来。

“佛爷佛爷，今年还派米吗？我们家很久没吃上您派的甜米了。”路边一个乞丐对着便装的人喊道。

张大佛爷摘下了自己的礼帽，对那个乞丐道：“你不是前段时间去布行当伙计了吗，怎么又要上饭了？真是狗改不了吃屎。”

“嘿，佛爷，您是不知道，这当伙计哪有当要饭的舒服啊，小的我想几更睡就几更睡，想几更起就几更起，怎么舒服怎么来。前几年死的王老黄毛，活了 102 岁，比以前的皇上活得舒服吧，比总统活得长吧。”乞丐说道，“再说，不是还有您家派的米吗？今儿个要派，和你们厨子说一声，拿糖炒了再派，我们省得烧火了。”

张大佛爷笑着摇头，向身边的人说道：“这要在清朝，就是游侠的胚子，必有两下子，吃喝不愁才有这等心胸。”

边上的一个书生说道："如是人才，佛爷自可纳为己用，现在正是用人之际，我们不拘出身。"

"莫急莫急，还不到时候。"张大佛爷道，"这些都是小角色，这次带你来见的，是真正的人中龙凤。"

"被启山说得有些忐忑了。"书生笑道，扶了扶眼镜，"希望启山你不是偏爱了。"

"定不会，你没听说过吗？佛爷说的好，一定是好的。"张大佛爷笑道。说话间在众人的簇拥下，他们已经拐入了庙口算命摊子聚集的地段。张大佛爷叫道：“铁嘴，铁嘴！快出来，给你带了好酒。”

书生看着那些算命摊子，莫名其妙，对佛爷道：“这些怪力乱神……”

“切不可胡说。”张大佛爷看没有人回应，就问边上一个算命的，“兄台，铁嘴呢？”

“您是说齐铁嘴吗？”算命的看张大佛爷气势非凡，一下矮了半截，“刚才还在的，不知道跑哪去了，也许大号去了吧。”

“哪个摊子是他的，我们在摊子边上等他。”张启山说道。

算命的便指了指，张启山引了书生模样的人到了摊子边上，书生就道：“佛爷，难道咱们的事情，要靠这些算命的？这就是人中龙凤？”

张启山刚想说话，忽然，他看到齐铁嘴的桌子上放着一张纸条，用镇纸压着，似乎是刚写不久。

张启山把镇纸拿开，就看到上面写着一段话，写得非常潦草，显然写得非常快。

佛爷，承蒙引荐，可惜齐家祖训，不从政，不从军，一张铁嘴讨春秋，一路神算求天命。此事铁嘴不愿商量，如若相逼，铁嘴必离开长沙，一去不回。望就此作罢，来日还可饮酒。

张启山和书生对视，张启山笑道：“果然，这小子早已经算到了这一天！”

“他真是神算？”书生看着纸条，半信半疑。

“不是神算，也是巧算罢了。”张大佛爷叹气，看了看天道，“果然，咱们这一路，并不能人和，这一路的凶险，聪明人早就看得清清楚楚了。”

书生看着纸条，不由得摇头。张启山看了看边上随从提的酒，就接了过来，放在铺子的桌子上：“算了，这酒喝得也没什么滋味了，留下吧。”

两个人转身离开，边上几个算命的面面相觑，谁也不敢去看那瓶酒。片刻之后，路边刚才的那个乞丐，走到了铺子边上，随手拿起那瓶酒，晃晃悠悠地来到庙外的墙根底下，递给了那边四五个乞丐中的一个。那人接过酒，给那几个乞丐每人碗里倒了一口，顿时酒香四溢。

“八爷，您可真是料事如神，这大佛爷这么好的眼力，也没发现您躲这儿呢。”

那个人摘下自己的破毡帽，还给一个乞丐，就道：“谁说他没有发现？”说着他晃了晃那壶酒，“他是知道了我的心意，不想勉强而已，否则，你们哪有酒喝？”

几个乞丐半信半疑，齐铁嘴站了起来，拍了拍身上的尘土，对着张大佛爷离开的方向颔首，叹了口气：“自此不归路，佛爷，虽我洞悉些许，可惜无力回天，恕我不说之罪吧，一路走好。”

疯　子

“那个疯子还在外边吗？”一个面容衰老，但是穿着艳红色衣服的女人，倚在茶楼二楼的美人靠上，问上来给茶壶添水的小厮。茶壶的口子上，有几个小小的缺口，上面的花瓷图也烧得不清晰，呈现一种低劣的蓝色，一看就是廉价的茶具。

“白姨，还在门口蹲着呢！”小厮道。虽然言语挺恭敬的，但从表情上，女人还是看出了小厮的轻蔑之色。

她早已习惯了这种表里不一，谁叫她是窑子里的女人呢。她本就不是一个漂亮的女人，在长沙这种大城里，永远成不了花魁，她又不愿意回小城伺候那些土汉子。虽然自己并不漂亮，但同样有着那种养一个白脸书生，日后金榜题名，八抬大轿来为她赎身，一朝野鸡变凤凰的梦。

可惜，这年头，白脸书生混得比野鸡还惨，一点出路也没有。有出息的都当兵打仗去了，风雨飘摇，养一个兵爷浪费钱不说，还动不动就死在前线，到时不仅没有八抬大轿来，还得帮死人送棺材入殓。

“你说，这疯子的钱是从哪儿来的？就他那样子，疯疯癫癫的，每次倒都有钱付账。”白姨边上的一个胖女人说道。她是白姨的姐妹，早几年生了一场病，吃中药吃得身子胖成葫芦一样，现在只能在楼里卖卖丑，赚几个赔笑钱。两个人的日子都不太好过，所以总腻在一起。

“他啊，这种疯子，不是偷就是抢呗。你看这大烟抽的，做什么肯定都不行。在床上没几下就喘上了，孬货。”白姨说道，“不过这人真的是个傻子，我要多少钱他就给多少。当初我为了那几个大洋，就当捏着鼻子给狗上了，没想到他竟然缠上我了，说要攒钱给我从良。我就顺水推舟，先让他帮我把欠白眼狼的钱还了，他还一点我就再借一点，他永远都还不完，永远得给我搞钱。”

“他这都发现不了？”胖女人说道，“这也太笨了吧。”

“男人这种东西，要笨起来真的是没边儿的。活该他落在老娘手里。”白姨喝了口茶。

“那他替你还了钱，你晚上还陪他？”胖女人有点腻歪地说道。

“我呸，他想得美！你不知道，这家伙又臭又脏，不是随便什么人能伺候的。”白姨说道，“老娘再不济，也不能找个疯子。我想过

了，反正这种人活不了多长时间，或偷或抢，迟早给人打死。他能活多久，老娘就先享受多久。老天保佑他死晚点儿，招子亮点别被人打断腿。”

“说得也是。”胖女人道，露出了羡慕的表情，“对了，说到白眼狼，最近他为什么没来找你麻烦，上次他打得你多惨啊！”

“我也不知道，这畜生也是仇家多，也许是躲仇家去了。”白姨道，“这丫头养的王八蛋，早些年老娘还陪过他几次，如今翻脸就不认人了，欠他几个钱就真动手。所以，男人就没个好东西。”

说完白姨就笑了起来，似乎是觉得自己的想法很好笑，胖女人嫉妒地赔笑着。一边的小厮听着，厌恶地偷偷呸了一口，就下楼去了。

他跑下楼去，看到那个蓬头垢面的疯子一样的人还坐在茶馆的门口，抱着一把破刀晒着太阳。掌柜的给小厮打了个眼色，小厮打上了一壶酒，拿上一块烟土和一碟花生米，来到了蓬头垢面的人面前，把东西一一放下。

疯子一样的人拿出大烟枪，小厮给他塞入烟土点上，他深深地吸了一口，对小厮点了点头。小厮恭敬道：“黑背六爷，您有什么需要，尽管吩咐。”

黑背老六喝了一口酒，从身上掏出一块大洋来，小厮立即摇头：“不敢不敢。”

黑背老六抓过小厮的手，把大洋塞了进去，用沙哑的声音低声说道：“拿去，六爷我只欠人命，不欠人钱。”

小厮只好接过大洋。黑背老六转身，又饱饱地吸了一口大烟，看到了街角远处几个白眼狼一样的人，他们正对着楼上指指点点。

黑背老六随眼看去，那些人立马全部闪回了墙后。

黑背老六摸了摸刀，闭上了眼睛。晌午的阳光照在他的身上，即使衣服破烂都使他不再觉得冷了。他再一次狠狠地吸了一口烟，眩晕的感觉走遍全身，他觉得这一刻无比满足。

九五做媒

解九爷推了推眼镜，这是他第三次做这个动作，对面的女孩，有点不知所措。

在这个茶楼里，这个男人已经这样看了她快一个时辰。如果不是她母亲执意要让他们两个见面，她真的不想在一个地方待那么长的时间，还要给这么一个奇怪的男人看着。

姑娘想着奇怪，也不由得打量了这个男人很久。虽说气氛很尴尬，这个男人很古怪，但是说起来，如果不是这个男人有一种特别奇怪的气质，她早就借口不舒服走了，母亲总不会让她晕在这里出糗吧。

是一种什么气质呢？她真说不上来，看到这个男人，她总觉得看不透。

世界上看不透的人有很多种，有沉默寡言的；有表里不一的；有些人表面上嘻嘻哈哈，其实心机特别重；有些人一切都很正常，但你就是感觉他不正常。可是这个男人呢？

这是一个相当聪明的女孩，她知道，如果一个人能够被人感觉到内心隐藏了什么东西，这个人并不算是真正的城府深。更深的城府是，你知道他有一些计划，你知道他隐瞒了什么东西，但你算出来的全都是错的，对方连你的猜测都已经设了局，他真正的想法你连边都没摸到，这才算是真正的权谋家。

但是，这个九爷呢——不知道这么年轻的人，为什么被人称为九爷——他的气质，你没法作任何的判断，你看到的他，永远只是感觉他本身应该没有那么简单，可你却无法肯定。真的，当你不是强制地告诉自己，这个人不是等闲人的时候，你总会觉得，自己是不是想得太多了。

露出一丝马脚吧。

姑娘心想，还没有男人能让她这么难以看透。从她以往遇到的男人看来，男人接触她，总会有什么目的，只要她一摸到这个人到底是个什么样的人，这个男人往往就没戏了。

这个还真是棘手。如果自己就这么走了，算不算败了？姑娘心里说。

“你到底要看我看到什么时候？”姑娘决定以进为退，看看自己主动进攻，会是个什么结果。

解九爷看着她的娃娃脸，心中叹气。这个丫头长得娇小玲珑，古灵精怪，还长着一张特别娇媚的娃娃脸，难怪这么招男人喜欢，桃花不断。偏偏她又特别聪明，谁也看不上，弄得她老娘焦头烂额。自己若不是她的表亲，也不想蹚这种浑水给她介绍什么对象。

“你倒是说话啊。”姑娘有点不耐烦了，心想该不是自己看错了，这个人是个二愣子？

“不好好看看货色，怎么好往外推销啊。”解九爷摇摇头，品了一口茶，看了看怀表，起身就下楼去了，边走还边叹气。

这表妹好是好，可惜自己是受用不了，普天下能压得住这丫头的，恐怕只有那个人了。也罢，也算是一桩好姻缘。自己事业心太重，此生是不太合适情情爱爱了，看他们得美事，也算给自己消业。

解九爷想起了四年前的那个晚上，自己做的事情，心中一紧，抚着胸口长叹。

茶楼里的姑娘看得目瞪口呆，看着对面空了的桌子，好久才反应过来，脸色一下铁青，转身就对跟着的丫头说："走吧。"

刚想离开，就看到一个年轻人抱着一只狗蹦跶着上楼来，上来就叫："解九呢？小九九不是说泡了好茶在这等我的吗？"说着看到了那姑娘脸色铁青地望着自己，不由得失笑，"解九怎么变大姑娘了，别说，长得还真有几分相似。姑娘，日头这么好，别自己气自己坏了心情。"

"你才是解九呢！"姑娘怒气一下起来，一碗茶直接浇在了来人的脸上。

跟着那人上来的小二都疯了，立即上来用毛巾擦："五爷，您没事吧？"

狗五摆了摆头，看着娇小的身影已经一路下楼，又看了看自己那可怜的小狗，不由得摇头，问小二："这是谁家的姑娘？"

小二挠了挠头，不知道该怎么说，就听到楼下的姑娘娇喝："谁敢说，老娘就剥了他的皮！有种自己查出来，要算账找你的解九去！"

小二看了看狗五，五爷摆手让小二别说，凭栏坐下，抖了抖湿了的衣服，看着走上大街的姑娘，不由一笑。

回 家

长沙胡儿岭，去往云南方向的山路上，一行三十几个人正押着一辆牛车走。火把星星点点，不明不暗。

天上下着大雪，长沙不知道多少年没有下过那么大的雪了，整条路都被齐靴的雪覆盖了，天上的雪好像抖棉花一样飘下来。按这样的下法，明天雪肯定就到膝盖了。

牛车上隐隐约约能看到很多女人，押车的三十几个人都是农民打扮，但是能看得出来，每个人都带着家伙，不是刀就是枪。领头的是老启，这是长沙人贩子里比较得力的几个走客之一。他一个人坐在牛车的车架上，一边看着后面的女人，一边琢磨事情。

他的老表胡拔刚刚跟他进这一行，走在他边上，第一次走这样的车，很是好奇，一路不停地问。老启也想教他一些东西，因为他总感觉形势不对——这是要变天还是怎么的？打仗他经历得多了，但是这情况还真是不太对。这种时候最好不要做太多事情，找个婆娘天天待在被窝里是最安全的。

所以老启想让他老表多学一点，之后能替他走客，毕竟是自己人，好控制而且好说话。不过，这一行最近也不是很好做了。想到这里他就生气，以前走一批，卖了四五个女人就能好吃好喝大半年。现在女人都学聪明了，太漂亮的他们也不敢卖了，万一被哪个大帅看中了，得宠了，他们这些人肯定吃不了兜着走。

如今他们这一车，都是欠了利滚利的笨女人，都是老太婆了。要不是现在有洋人的钱，这些婆娘还真不知道谁要。

“这些个女人值多少钱？”胡拔边走边问，“都又老又丑，泻火的时候还行，真要出来接客，干巴巴的，谁他妈会选这种货。就算是穷乡僻壤，现在也见不得这种货色啊。”

“谁说要去当鸡啊，你见过把鸡卖去当鸡的吗？鸡这种东西，第一次最贵，后来卖一次赔一次，谁做这种赔本买卖？有钱都去乡下收小姑娘了，兵荒马乱，也不见得贵多少。”老启抽了几口烟，他发黄的牙齿也没剩下几颗了。他抠了抠牙缝，想不出今儿晚上吃的是什么，不由得抽了牛一鞭子。

“那我们送她们去哪儿啊？”胡拔问。

“去南洋当猪仔，就是做苦工去。别看她们伺候男人不行了，做活儿还能顶三十多年呢。”

“这些女人以前赚钱，分开腿就行了，这要做苦力行不行啊？”

“到了那里，不行也得行。”老启咳嗽了几声，吐出一口浓痰。边上几个跟车的都看着他，以为他要发话。这边跟车的人都是越南来的，一趟车也不少押钱，就是语言不太通，有点难使唤。他摆手让他们继续走。

前面的山路愈加崎岖，一路到了海边，那边有小船直接把人拉到海上的大船上，就算完事。从这里到海边，怎么都还得走十多天，想起来他就觉得腻烦。

他又抽了几口，把烟掐了，叹了口气，忽然想到胡拔还没娶媳妇，就道：“对了，你要不先挑一个泻泻火？虽然老了点，不过要挑还是能挑出几个的。天也黑了，看不清楚。”

“老板不会说？”胡拔来了劲道。

"你别弄死她们就行了。别像以前那个二傻一样，把货给掐死了，那老板当然不能放过他。这些人给男人玩惯了，糙得很，你不用点劲儿，她们还觉得不得劲呢。"说完老启就笑，胡拔看了看后面一车的女人，也笑了起来。

白姨在车里，把所有对话听得清清楚楚。她叹了口气，这样的污言秽语她听了很多了，她以为自己已经不在意了。但她没有想到，在楼里听着她能无所谓，但在这牛车上被这些人说，又是另一番滋味。

有几个女的听着就哭了起来，老启拍了拍车壁，大声骂道："哭什么哭，早干吗去了？别他妈把鬼给我招来。你们给我听着，走到这一步，你们谁都怨不了，就怨你们自己命不好。我说个理给你们听：上了鬼佬的船，不想受苦的，从海上跳下去，一了百了，好过在南洋做奴，那比猪还不如。"

他这么一吓唬，哭声就更多了。大雪中，这一行人真的就像荒野幽魂一样。

白姨听着，心中也难过起来。她在角落里缩着身子发抖，也不知道是被冻的还是吓的。

她知道这车里各人有各人的苦楚，但是她走到这个地步，还真是她自找的。走第一步的时候，她也不愿意，可这一步一步地走下来，就似乎像着了魔一样。其实有几次，真的有好人家喜欢上了她，不嫌弃她的出身，要赎她出来，她还挑别人，挑三拣四，做梦要找个状元赎身，飞上枝头变凤凰。

自己欠白眼狼那么多钱，到了这个地步，也算是早就料到了。不知道到了南洋，还有什么样的苦在等着她，也许真的应该中途死了，一了百了。

这一次是真的绝望了，和以往的那些困境不同。在那些困境里，她会急会慌会骂娘，是因为她知道还有转机。但这一次，她从外冷到了心里，除了后悔，就是死心了。

白姨正绝望着，忽然听到前头的越南人起了几声呼啸。所有人都警觉起来，就听到老启骂道："怎么回事？还没出省呢，就给我起事儿。"

老启骂完就掏出了枪。他本来心里就不爽，现在倒要看看是谁在触他的霉头。老启刚跳下牛车往前走了几步，就看到在前面火把的光圈下，走出来一个蓬头垢面的人，手里提了一把刀。

老启看着那个人熟悉的样子，头皮就麻了起来，心说糟糕了，怎么是这个瘟神？刚想说话，边上的胡拔就自作主张地对那些越南人喊道："宰了这要饭的！"老启脑子嗡的一声，心说完了。

白姨听着车前面的动静，枪声、刀声瞬间响成一片，吓得她捂住了耳朵。可不过半炷香的工夫，就什么都听不到了，四周只剩下车里屏住呼吸的所有女人的心跳声和雪落地的声音。

接着，她听到了人在雪地中一步一步的脚步声，她看到老六举着火把走到了车边，一刀砍断了车上的锁，探头进来。

冷风吹进车里，所有人的身上都瞬间起了一层鸡皮疙瘩。老六把火把伸到车里照了照，就看到了白姨，全是雪花的脸上露出了笑容："在呢？"

白姨点了点头。老六提刀入鞘，把满是污泥的漆黑的手伸了过去："回家。"

白姨点了点头。在所有人的注视下，她被牵出了车子，一下地她才发现，自己的鞋完全不能在雪地里走，一碰雪就湿了。

她正想咬牙走几步，忽然发现自己身子一轻，就已经到了老六的背上。

天上下着鹅毛大雪，老六的脊背透出滚烫的温度。他一步一步地在雪中前进，背上的女人忽然紧紧地搂住了他，把头贴在了他的后颈上。老六没有犹豫，没有停步，他还是继续走着，每一步都像磐石一样。

天地间似乎只有他们两个人了。

象牙牌局

“二爷，您想玩什么花色的？”伙计拿了几副麻将，在二月红边上候着。这几副麻将都是二月红从各地搜罗回来的稀品，大部分都是象牙的，带着不同的花色。花色都有讲究，比如说其中一副他最喜欢的九尾猫牌，里面的花牌都是各种猫，雕得十分精细。另一副所有的花色都是透雕的，上面再嵌着水晶花，非常漂亮。缺点是，重量差别太大，盗墓的手都特别稳，稍微打得多一点，牌摸起来就知道是什么花色了。

二月红看着，有点心不在焉，边上的齐铁嘴已经喝得有点多了，靠在太师椅上，说道：“穷讲究，打牌还那么多花样，我说随便拍一副下来是真。”

“打三个子儿，给您十三幺杠开您都赢不了多少。我们打牌，重在雅兴，不在于输赢。八爷您要是闲得无聊，要不咱们去晴裳斋开一桌，那个一晚上一个月收成上下，符合您的风格。”狗五说道。

“别，知道你狗五打牌有一套，你要玩大就玩咱们最喜欢的东西。别什么几个子儿了，派你一百个子儿，输了，你家的狗我随便挑一只炖火锅，你敢吗？”齐铁嘴说道，“这才是爷的风格。保证不算，就凭手气。”

“那要是我赢了呢？”狗五笑嘻嘻道，心中暗骂齐铁嘴残忍。

“你赢了我给你捅几刀，三寸刀让你直接摸到柄。”

“八爷，我捅您对我有什么好处啊？我没事捅您干吗，要不我赢了把这权利卖给四爷，他肯定喜欢。”

“那不行，你赢了你得自己捅，我知道你心软捅不下手，要搁陈皮阿四那王八蛋，天天恨不得暗算我。小年轻，那些老头子咱们别惹行不？”

狗五就笑：“那都别说，今天二爷最大。二爷做寿，二爷做主。”说着就看向解九。

一直没说话的解九在一边给他们使眼色，让他们别说了。狗五回头看去，发现二月红根本没在听他们说话，眼睛直勾勾盯着麻将牌。

狗五轻声问：“二爷怎么了，魔怔了？”

边上端着麻将的伙计手快断了，脸都青了，向几个人投来求救的目光。

狗五看了看齐铁嘴，神算自顾自喝酒，又看了看解九，解九摇头让他别打扰，狗五心软，只好自己对二月红道：“二爷，挑不出来，随便定一副吧。”

二月红这才从发呆中缓了过来，叹了口气，就道：“我说怎么找不到了，最喜欢的，跟着去了。”说完笑笑，又对三个人道，“你们别争了，既然听我的，那么这样，我输了，就唱个曲子给你们听，如果我赢了，你们三个人，每人下碗面给我吃，怎么样？”

三个人互相看了看，都点头，狗五想了想，还是没忍住说道：“让解九下面，二爷您不怕死吗？”

“我又不一定会吃，闻着味道不对我就喂狗了。”

狗五露出了意味深长的苦笑：“二爷，我试过，狗也不容易啊，放过它们吧。”

解九推了推眼镜，看着窗外，不知道在想什么。齐铁嘴和二月红都哈哈大笑起来。

丧妻之后两年，二月红过寿，只请了几个年轻辈的，半夜下着雨，麻将摆起，他似乎已经不那么悲伤了，那些悲伤，却又似乎散落在这间房子的所有角落，随时可以踩到几分。

诞　子

“下棋吧，两三个时辰了，不找点事情做，怎么熬过去。”解九点上沉香扇了扇，似乎觉得有些不满意，但也没想换一种。

“不会。”半截李道。他看了一眼沉香，一巴掌拍翻在地上，装香的瓷盘一下打得粉碎。

解九身后的伙计上前一步想发作，解九摆手拦住，想了想，觉得伙计在这里，气氛始终也不太好，晃了晃两根手指，伙计都退出了天井。

“也不喝茶？”解九自己把地上的碎片捡起来，看了一眼，颇为心疼地埋进一边的花盆里。

“不喝！”半截李道，“鬼才喝得下。”又看了一眼解九的表情，“怎么，很珍贵？”

“明中期的，也不是很贵，但是我很喜欢。”

“这种东西，爷的库房里海了去了，改天自己去拿。”半截李“呸”了一口，似乎觉得解九有些小气。

解九叹了口气：“这碟子是我母亲的遗物之一，小时候我哭闹，母亲就用两个这种碟子碰击，唱曲子给我听。”

“你母亲的遗物，爷的库房里也有一堆，你趁早拿回去！”半截李丝毫不买账。

解九叹气，也是，他母亲挥霍无度，要说这种遗物，后来因为清理房间的时候实在堆不下了，都堆到半截李的老宅里了。谁让他和半截李住相并的两所大宅。

如果不是因为住得近，他此时也不会在这个地方。

“我说，三爷，这种事情你也急不来，与其那么焦躁伤了身体，还不如先做点其他事情，分散一下注意力。”解九埋完了碟子，拜了一拜，又道。

“我下棋又下不过你，喝茶也喝不出味道来，你不怕我把东西都摔你脸上？”半截李发怒道，说着抓起蒲团就想从椅子上下来。

“你干吗去？”解九道。

“我要进去看看。”半截李道。

解九立即上来拦住，对他道：“你这个人煞气太重，老八不是让你别轻举妄动吗？”

“我傻待在这里就憋死了，憋死了对谁都没好处吧？而且老八这个混蛋，满口胡说八道，我可不信他。”

“老八你都不信，你记得佛爷没听老八的，后来发生什么事情了吗？”解九道，“这件事情不可动，动一发则牵连太多人，您过上好日子不容易，想清楚了。”

半截李想了想，深深地吸了口气，眼里露出了凶光：“小九，以前没人敢和我这么说话，这话我不爱听，你最好别说。”

解九微微笑了笑，他根本不怕半截李，他知道这人虽然是个阴狠至极没有底线的人，对于他来说，什么兄弟情谊、江湖规矩、信用责任，都是狗屁。这人比陈皮阿四都不如，但别人为什么和他的交往多于老四，更多的在于，此人有个绝对的软肋。

得到了那根软肋，这个卑鄙者里的祖师爷也会变成特别安全的邻居。

看着半截李的表情，解九很想特别欠揍地跳起来说：“我就说，我就说，你能拿我怎么样？”但是，他的性格还是让他完全没有任何表示。

“好，但是你也别进去。”解九道。

半截李显然冷静了下来，坐了回去，忽然人就变了一个状态，变得特别安静，似乎焦虑一下子都没了。

这才是半截李最可怕的样子，解九知道这人已经失控了，他通过这种状态来隔绝自己和外界的联系，以免自己做出不理智的事来。

解九懒得管他，却也不敢坐在他边上了，他知道这人也许忽然爆发就会一刀捅过来。他走到天井的正中，开始看天井中那些奇怪的植物，一边悄悄地看了看怀表，他也实在不想再熬下去了。

也不知道这样的时间过了多久，解九在天井中间都快把那些植物瞪死了。忽然，就远远地听到后房里传来了一声婴儿啼哭。

解九立即抬头，转头看向半截李，就看到这残疾人像一只兔子，飞一样地出去了。“哐当”一声，一个人影迅速消失，被人影撞开的门还在那儿晃来晃去。

他心想：糟了！也立即冲过去，跑了两步到了后房，就看到产房的门已经开了，稳婆抱着孩子刚刚出来，一看到几乎贴在门口狂喘气的半截李，吓得手一哆嗦，孩子竟然一下脱手摔了下去。

解九“啧”了一声，心想：完了，这一摔，先不说孩子有没有事情，这稳婆全家，加上自己、老八，恐怕都有不小的麻烦。自己距离太远，身手也不济，竟然眼睁睁晚了一步。

几乎就在孩子着地的刹那，忽然就看到从一边的廊柱后面，猛蹿出一团黑影，一下就咬住了包着孩子的被裹子，顺势一放，被裹子就到了地上。

黑影敏捷地从一边跳到了院子里，停了下来，竟然是一只黑色的大狗。

半截李冲进来，这一切发生得太快，他还没反应过来，事情就已经全部发生了。一下子场面上只剩下被惊呆的稳婆、瞪大眼睛的半截李和僵直的解九，还有一条大黑狗。

稳婆最先反应了过来，立即把孩子抱了起来，满脸堆笑地对半截李道："福大命大，以后一定前途无量，前途无量。"

半截李看了看狗，又看了看稳婆，脸色一下子几乎涨成猪肝色了。如果不是稳婆抱着孩子，他肯定上去就扭断她的脖子。

解九立即上来站到稳婆和半截李中间，对半截李道："快问问，是男是女？"

"你问！"半截李说道。刚说完，就听到里面一个微弱的声音道："你是孩子的爹，你让小九问，你是想气死我吗？"

半截李看了看房里，房门半掩，里面的帷帐左三层右三层的，他也看不清楚什么，就问道："没事吧，没伤着吧？"

"我是生孩子，又不是和你一样去闹事。"里面微弱的女声道，"看看，我们的孩子，像谁？"

半截李很矮，这时候稳婆才把孩子放下来。孩子还在哭泣，但显然有些先天不足，已经哭累了，在一边抽啼，眼睛还没有睁开。半截李仔细地看了看，忽然就流眼泪了，叫道："像大哥，像大哥，是个儿子，是个儿子。"

"像什么大哥，这是你的儿子，像大哥不就是像你吗？"里面的女声咳嗽了几声，"我真的要气死了。孩子抱进来，你好好陪小九喝喝酒，今晚不用你，有稳婆就行了。"

“欸！”半截李抹了抹眼泪，就转头对解九道，“喝酒去！走。”

解九拉住了半截李，几乎想抽他：“你爱的女人生孩子，给你生一儿子，她让你喝酒你就喝酒去？”

“我嫂子让我死我就去死。”

“你脑子有病是吧！”解九这么稳重谨慎的人，也脱口而出了一句重话。幸好半截李现在也不正常，没听出来。解九道，“这是反话，这个时候，女人最希望你在她身边，和她一起共享幸福喜悦。不准喝酒，你等在这儿，随时进去。”

“对，对！”半截李道，“解九，你果然是好兄弟，提醒得对！”说着他提起嗓子，“我不喝酒，我在这里照顾孩子他娘。”

里面没有回音了，半截李转头又看了看解九，解九道：“肯定在笑呢，默许呢。”

半截李也笑。解九道：“那我就等着喝满月酒了，先告辞了，我一个大男人在这里也不方便。”

“行，不送，把狗带走，是你的狗吧？”半截李道。

解九看了看黑狗，心想狗这种东西出现，这家伙肯定在附近啊，点头就对狗道：“找你们家五爷去，去！”

狗往外跑，他也跟着出去，一路到了旁边的一个院子。狗进去，他也跟了进去，一下子就看到齐老八和吴老狗都蹲在一丛灌木后面呢。

“你们怎么也在这里，你们太不仗义了，让我一个人陪那死瘸子，自己在这里躲着。”

“能者多劳，能者多劳。”齐铁嘴道，“我们要陪他早被捅死了，你是我们这里定力最好、最滴水不漏的，辛苦你了。”

“别给我戴高帽子。”

“真不是高帽子。”老五道，“本来老八打算让我去陪的，后来铜钱算一卦，血光之灾啊！你的我们算过，有惊无险，有惊无险。”

“这事情过了没？”解九问道。

齐铁嘴道：“三爷作孽太多，又娶家嫂，暗破人伦，这胎孩子很危险，不过这第一关是真过了。我算过，老九你命太方正，而且以智压天，只能克得住一时。老五命格为破，所以你压。如果你压不住，我就用老五的破命赌一把，还真给我赌成功了。”

“啊，你之前不是这么和我说的。”狗五道，“你不是说老九反应太慢，要我做后手吗？”

“因为拿你去破别人家的命有风险，自然没敢告诉你。”齐铁嘴道，“说了你也许不敢，事情又会有变化。”

“什么风险？”

“也许你会全身爆裂而亡之类的。”齐铁嘴道。

“你下次能早点说吗？”狗五拍了齐铁嘴一脑壳，又摸了摸边上的黑狗。

“好了，此地不宜久留，以后咱们替三爷多积点功德吧，我也是看在咱们干姐的分上。”

“你也认三爷的嫂子当干姐了？”

“当然要认，认了干姐，干姐会罩着我们，这样三爷才不至于天天往咱们家门口摆死尸啊！”

三个人摸出大宅，都擦了擦汗，对视一眼：“走，咱们找个地方下地去压压惊。”于是上马往城郊而去。

门里门外

“你还来找我干什么？”二月红停下手里的剪刀，问道。面前的红竹已经被修剪得初具雏形，往四周疯长的芽已经被全部剪掉，到了夏天往大盆里一种就能摆到前堂，和那几盆绿箩搭上颜色。

“师父还是对这些风雅的事情那么专注。”陈皮阿四背着手，远远地站在前堂的门槛上，没有踏进来。

“风雅的事情，也是一件事情，做着事情，时间就能过得快一点。”二月红道，“说了你也不会懂。”他把剪刀一放就叹了口气，用手绢擦去手上的汗渍。

“徒弟是不懂，师父看样子也不想再教了。”陈皮阿四道。

“我说了，你已经不是我的徒弟了。不要再师父师父地叫了，你在外面做的事情，我也听说了不少，更加不想和你有什么干系。”二月红没有抬头看他，只是喝了一口茶，“走吧，你这辈子不会活得太差，在我这里，你也没什么东西可图了。”

陈皮阿四笑了笑：“徒弟在外面做的事情，都是师父教的，师父寥寥几句话，就想脱了干系？你嘴上这么说，心里恐怕也知道是不可能的吧。”

“我和你不同。”二月红看了看，这小子比跟着自己当学徒时光鲜了很多，穿着缎子马褂，腰间原来装着铁弹子的破麻布袋子，现在也换成了貂皮的。“你做什么事情，必然会得什么结果，你用我教你的本领做再多的缺德事，我也只是在这里种种花，写写字。外面的一切，和我无关。”

“是，师父你一直是房门一闭就能过一辈子的人。”陈皮阿四道，“但是你没想到，你关了房门，以为什么都不理就行，但人家照样还是会来找你的麻烦。现如今风云动荡，这四面墙就能保师父你一世清静吗？”

二月红叹了口气，他知道陈皮阿四的意思，他一心想和丫头安安静静地把这辈子过完，然而就算他千方百计想留在自己的一亩三分地里，却不想外面的风浪已经大到似乎要把所有人都卷进去。

他原来以为自己真的足够强大，强大到他可以痴情，可以任性，可以不羁，他什么都可以。他可以用任何的面目来面对这个世界。

然而，他错了。

“你都知道了？”二月红问道。

“师娘的事情，这一行的人都知道了，虽然徒弟久不在长沙活动，在这里，也总有些耳目。”

“知道了便知道了，你又能做什么？”

“这次来，只想来问师父一个问题，得到答案，我就会走。”陈皮阿四目光锐利了起来。

二月红深叹了口气，他原本不想理会他，但可能是提到了他心中软化的部分，他顿了顿，决定还是听他徒弟这个问题，虽然他预感到自己一定会后悔。

“你问吧。”

“你是不是答应了佛爷的请求？”陈皮阿四问道。

二月红看着他，良久，才点了点头。

“那么，你肯定再不会为师娘做什么了？”陈皮阿四道。

二月红道：“我还能为她做什么？我不能做，谁也不能做。”

陈皮阿四摇头：“我觉得，人要想做点事情，总能找出一些事情来做的。”

二月红闭上了眼睛，坐到了藤椅上，他知道陈皮阿四每句话的意思，但他不想去想，不想去回忆。

等他再睁开眼睛，陈皮阿四已经不在了，前堂的门槛前放着一只竹篓，里面是几只肥硕的螃蟹和一把老香。

丫头最喜欢吃螃蟹，现在不是吃螃蟹的季节，但这几只螃蟹无比鲜活，看上去非常肥硕。

一定是从更南的地方抓来的。

七年之前，陈皮阿四被赶出了师门，二月红对他道，你永世不得再踏进这个门槛。

今天，他带着来自远方的螃蟹，站在门槛之上，没有踏进一步。

狗　五

“不来一口？”霍仙姑看着狗五，拨弄着手里的一盒洋烟。

“不来，干得慌。”狗五用菜刀刮着手里的鲫鱼，把鲫鱼里面发腥的黑膜挖出来，甩到一边的瓷缸里面，再去刮鱼的鳞片，动作很熟练。

霍仙姑自己点上了一支烟，轻轻地抽了一口。

“女人家抽烟，你不怕嫁不出去？”狗五笑道。

“不是还有你吗？”霍仙姑淡淡道。

狗五的手停了停，然后继续刮鲫鱼的鳞片：“我也不喜欢抽烟的。”

霍仙姑把烟吐向他那个方向，然后把烟按灭在一边的花盆里，理了理头发：“怎么，你现在想提了裤子不认人？”

狗五的刀又停了停，定了定神道：“你要脸不要脸，你睡在榻上，我睡在门槛上，一根头发我都没沾着，什么叫提了裤子不认人？”

“那谁知道你晚上有没有摸上来？我喝了那么多，你几进宫的时间都有啊。”

“你能不能别一副老鸨的样子。”狗五把鱼洗干净，塞入火腿，就放到锅里去炸，香味瞬间喷了出来，“我告诉你，刁蛮的姑娘我见得多了，老子最不怕就是你们这一口。”

霍仙姑站了起来，走到他的身后，大黑背躺在案板上，口吐涎沫，她摸了摸狗抽筋的背部，道：“行啊，那你可以等着，看看你吃不吃我这一口。”

狗五把水倒入锅内，盖上盖子，用围裙擦了擦手，回头看着她道：“不送了，我等下要给它灌汤，很恶心，你还是回避一下吧。”

“这鱼汤不是做给我喝的啊？”霍仙姑问道。

“这死狗肯定又在解九家里乱吃东西了，解九家厨子最近回老家了，解九口味清淡，不吃外面的菜，自己煮面吃，吃得又少，全给这东西吃了，我得让它吐出来，否则扛不过两天了。”

“你的狗怎么会到解九家里去？”

“借给他闻土，他好像在著书，什么《解草堂散记》。”狗五做了一个无法理解的动作，“秀才就是有出息啊，我大字不识，只能干点粗活。”

霍仙姑闻了闻汤的香味，“解九的面狗吃了都会死，你的手艺却不错，粗活也是活，你不用妄自菲薄。”

“一般就算再难吃的面，也不会让狗这样，狗还吃屎呢，解九的手艺总比屎好。但每次去解九家，我的狗吃了东西总有点问题。我觉得，解九的面里肯定放了某种东西。”狗五说道，“希望我猜错了吧，那东西虽然能缓解他的头疼，但是对人非常不好。”

霍仙姑想了想，她立即就明白了：“聪明人，头肯定是经常疼，吃点药也是正常的。”

给狗灌汤之前，霍仙姑终于走了，狗五松了口气，把她按灭在花盆里的香烟捡了起来，用火钳夹起一块火炭点上，狠狠吸了两口，心说：“原来那天晚上她没睡啊，幸亏自己只是过去过了过眼瘾，要真干了点什么，自己这辈子就交代了。”

他擦了擦冷汗，拍了拍那只大黑狗，大黑狗一下从案板上跳下来，一点事也没有。

狗五抱着它的脖子亲了几口：“唐僧，还好我事先有准备，给你训练了装死，否则我非被她缠死不可。”

狗舔了他几口，看了冒热气的鱼汤几眼，狗五摇头：“没门儿。”

他推门看霍仙姑已经走了，自己端起鱼汤放到大碗里，点上点儿葱花，盖上保温的蒲团，提起篮子就往茶楼走去。那里，有一个更泼辣的呆丫头在等他。

黑狗跟着走了几步，发现这汤确实没希望了，只得悻悻回头，在院子的角落里蹲了下来。蹲下来几分钟，它忽然听到了树上有声音，抬头一看，就看到刚才离开的姑娘坐在树上，呆呆地看着狗五离开的方向，脸上全是泪花。

宿　命

吴老狗在那里夹苍蝇已经夹了两个时辰，一个人六条狗围着，坐在北正街的一个茶馆外面，地上有三只脏碗，里面是对面台杏肉铺的五花肉。六条狗应该都是草狗，没有那么讲究，已经吃饱了，都懒洋洋地趴着。吴老狗就坐在他们中间，用筷子夹碗上的苍蝇。

霍仙姑走近的时候，草狗都站了起来，吴老狗叹了口气，霍仙姑就问他："躲我躲到哪里都不见人，街头街尾都不待，就待在街上夹苍蝇。你是多怕见到我？"

吴老狗夹的苍蝇都丢在碗里，喃喃道："怕倒是不怕，你难道还能杀了我不成，就是你非找我，你找我干什么啊？"

"以前你找我的时候，你可多话说了，现在你不知道找我干什么？"霍仙姑踢开一只狗，坐到吴老狗边上，那狗吓得呜呜了好几声，躲到吴老狗后面。吴老狗安慰了几声，狗安静了下来。

"你对狗比对我好。"霍仙姑说。

"你哪能跟狗比？"吴老狗说了，忽然意识到自己的话有歧义，立即看着霍仙姑，改口道，"狗哪能跟你比，不对，你哪能拿自己跟狗比。"

"怎么？你又要说你那种'狗不会害人，人会害人'的话？你怕我害你？"

吴老狗看着她，似乎想到了什么，眼神中有一丝难过，叹气道：

“你喜欢我的时候，大概是不会害我的，但你要是哪天不喜欢我了，新仇旧恨，以你的脾气，我恐怕会被你弄死喂狗。”

霍仙姑也不看吴老狗，只是看着街上人来人往：“你就不怕我现在就把你弄死喂狗？”

吴老狗嘬了嘬嘴：“你不会，现在你们霍家需要我。”他顿了顿夹起一只苍蝇，放到袖子口，就看到里面出来一只壁虎，一下把苍蝇吞了进去。

霍仙姑惊奇：“你又养了什么奇奇怪怪的东西？”

“奇怪吗？我可以帮你也养一只。”吴老狗说道，扬开袖子口，里面全是壁虎，总有七八只。

霍仙姑往后退了一下，挪开身子，觉得有些不舒服。

“你看，老八给我们都算过，我是贱命，天生和贱物生在一起，这我改不了。你呢，看到这些东西，本能就是不喜欢，你也改不了。我可以在这里坐上一天抓苍蝇，在袖子里养四脚蛇，养几天几个月，不想养了，我就都放掉。我不觉得这日子有什么不好，但你们霍家受得了吗？”

霍仙姑不说话，转头继续看着行人。

吴老狗继续说道：“你们霍家，早上出门，晚上不得点东西回去，你就得挨揍。早些年我看着你过这样的日子，以为你迟早要走，没想到你待下来了，还变成了和她们一样的人。”

“女人在这个世道，要做男人的事情，不就得这样吗？”

“没说你错啊！”吴老狗摸着狗，边上有铺子里的伙计想上来赶他走，一看到是他和霍仙姑，差点摔地上，连滚带爬地回铺了。

霍仙姑恶狠狠地看着那个伙计，问吴老狗：“老八也给我算过，他怎么说的？”

“我不敢说，说了怕你砸了他的铺子。”

“你说不说，不说我现在就去砸。”

“我说了，那你不要去搞他，他也是为我们好。”

“好，我说话算数。”

吴老狗指了指自己的身后：“你能看到我身后是什么吗？”

霍仙姑看了看：“街，狗，人。”

“老八说他能看到人身后的东西，我身后，什么都没有，一团空气，所以我这个人，脑子里就是一团空气，只能想着眼前的一顿饭，蚊子咬了手挠，连换个地方都不会，但你不是。”吴老狗看着霍仙姑的身后，“你身后，是魑魅魍魉，站满了，已经没有我的位置了。”

霍仙姑看着吴老狗，眼圈就红了，她猛地站起来，咬牙：“齐铁嘴！”说着狂奔而去。吴老狗站起来大喊，“你答应不搞他的！”

但霍仙姑已经跑远，听不见了。

命　运

内堂，二月红把螃蟹做成三样小菜，供在了丫头的案前，再把老香点上。

身后的桌子上放着报纸，都整齐地叠了起来，只有其中几张，散落在桌子的其他地方。

一周内，长沙城里出了四件灭门惨案，当时受到佛爷收买药材的四家药商，一共120口人全部身首分离。南河滩上，大雨之夜，丫头弥留之际，二月红带着丫头想吃最后一碗汤面。摊贩看着疯子一样的二月红，纷纷驱赶。半年之后，同样是大雨之夜，南河滩的摊贩被一路杀绝，血水冲入河中，把河堤全部染红。

他知道是谁干的。但是事到如今，他也不想再去追究什么，也无力去追究什么了。

“你不会因此而高兴的。”二月红看着丫头的灵牌，“他还是没有变。”

他顿了顿，回头看了看外面那一截院门的门槛，仿佛又看到了门槛后的人影。

“不过，这螃蟹不错，总算你没有白疼他。”

“你又犯什么错了？”丫头看到跪在前堂门槛外的陈皮阿四一脸淤泥，忍俊不禁。

“我抓螃蟹去了。”陈皮阿四道，“师父让我练功，我觉着无聊，想着师娘喜欢吃螃蟹，又看到河边好多螃蟹泡泡，手痒抓了一篓子回来，不想给师父发现了。”

“哦，你还有这等好心？”丫头就笑道。

“是啊，所以师娘看在螃蟹的分上，不如和师父说几句，让我少跪一个时辰吧。”

“那可不行，每次我都替你求情，你真犯错的时候，我劝该不灵了。”

“哼，我说师父古板，不想师娘也这么小气，亏我白捉了那些大黄蟹子。以后师娘想吃让师父买去，徒弟我可不孝敬了。”

“欸，一码归一码，你不练功就得受罚，不过孝敬师娘我的螃蟹嘛，师娘另外再赏。”说着丫头从背后拿出一碗蟹黄面来，递给陈皮阿四，“跪着吃，吃完膝盖就不疼了。”

陈皮阿四看着面也笑：“师娘，你是不是只会做面啊？为何就着蟹黄都还是吃面，未免太惨了一点。”

丫头就道：“你还想跪着吃四菜一汤不成，你要嫌面吃腻了，那我以后也不给你做面了。”

陈皮阿四立即一口吃下去半碗，艰苦地咽下道：“不是，师娘做的面，徒弟是怎么吃都吃不腻的，就算没有蟹黄，光面条就是徒弟吃过的最好吃的东西。”

丫头摇头：“你啊，多练练功夫，少练练你这嘴，以后也能少跪点儿。”

陈皮阿四吃着面就笑，他心里已经忘记了，这些螃蟹是他差点溺死那蟹农之后抢来的。他心里也有些慌，他告诉自己，如果需要，他杀死面前的这个女人，一点都不会犹豫。

然而，看着丫头进门的身影，他内心深处也明白，他的心里终于有了一个，自己希望她活着，并且活得好的人。

在陈皮阿四的人生中，曾经有一个变成黑背老六，甚至是半截李的机会，然而，他最终没有那么幸运。这个他希望能活着的女人，几年后就去世了。之后的漫长岁月里，这样的人，再也没有出现。

谈　话

大雨滂沱，张启山从未在长沙遇到过这样的大雨。书房外飞檐瓦楞片被雨滴打得啪啪作响，要不是太密集了，张启山还以为枪声已经响了起来。

屋内的书桌前，还坐着一个年轻人，正在一封一封地看书桌上的信件，不知道是不是暴雨的关系，台灯时暗时亮，让他很不舒服。他看看停停，脸上却看不出任何情绪。

张启山没有说话，只是看着窗外的大雨，把整个长沙城蒙上迷纱一般。

良久，年轻人才放下最后一封信件，他不像普通人惯常的做法那样长出一口气，而是喝了一口已经凉透的茶水，捏了捏眉心。

张启山听到动静，转过身来，问道："看完了？"

年轻人点了点头，把茶渣倒入一边放着的一只精巧的瓷瓶内，道："看完了，给您整理了一下。"

张启山看了一眼，果然，那叠厚厚的信件现在变成两堆堆积着，本来自己叠得很乱，被这个年轻人整理得一丝不苟。

他知道这不是这个年轻人看完之后整理的，而是年轻人在看信的时候，随手叠起来的。那么整齐的叠法，几乎每一封都不差分毫，是因为这个人已经习惯了无比仔细和严谨的生活准则。

"抱歉。"张启山道，"本来这种事情，谁也不该卷进来，但是，我还是想问问你，我觉得如果是你，也许会有办法。”

“佛爷，恕我直言。”解九看着桌子上的信件说道，“您应该让其他人一起过来商量。”

张启山摇了摇头：“让你知道这件事情，已经很对不起你了。”

解九沉默了片刻，点了点头，他显然认可张启山的逻辑。他顿了顿，说道：“可是，即使如此，他们不会明白，他们都是欠您的。”

张启山摆了摆手，显然不想在这个问题上再纠缠下去，问道：“信看完了，说说你的看法。”

解九也站了起来，来到张启山边上：“先说最基本的吧，做和不做的问题，我觉得佛爷肯定也已经有答案了。”他看了看怀表，“您不做，也会有人做，这和您愿不愿意没有关系。”

张启山沉默了，解九说道：“老实说，佛爷，您并不重要。这就是一口滚烫的锅，锅里的鱼本来就是要熟的，人家让您来把水烧开，只是因为您是个好社工，您不烧，换个人就是了。”

“不重要？这件事情难道不是针对我的出身吗？”

解九笑了笑：“佛爷，您未免也太看得起自己了。”

张启山也笑了，他笑得那么苦涩，让解九怔了一怔，他原本以为，张大佛爷这辈子，都不会有这样外露的情绪。

张启山一边笑一边把头转向窗外道：“你这么聪明，难道就没有任何一点办法？”

“计谋这种东西，是在力所相当的对手之间使用的东西，孔明善计谋，但不会用在自家的家丁身上。”

张启山闭上了眼睛，顿了顿，问道：“那我只问你，我应该做什么？”

解九没有说话，只是看着自己的怀表，沉默了一会儿。

张启山没有追问，一直等着，终于，解九说道：“刽子手的儿子犯了死罪，要凌迟处死，刽子手会让其他人碰刀，还是自己下手？”

张启山对着他笑了笑，解九看着他，知道自己还需要说几句话，才能停止这段谈话。

但即使是他，这些话也得犹豫几分钟，才说得出口。

“佛爷，我们这些人，也该有这样的报应。”解九把窗边角落里衣架上自己的大衣慢慢披上，“我们难道还会觉得自己是无辜的吗？”

张启山一直没有说话，解九最后一次看了看怀表，转身离开了张启山的办公室，经过写字台的时候，他把写字台上张启山的手枪，压到其中一沓信上。

这一沓信很厚很厚，比边上的那沓厚很多很多。

长沙做这一行的，哪个人手里没欠几条人命？人都不愿意自己白白死去，然而，每个人心里都明白，把性命太放在心上，对于这个行业是不尊重的。这一行，取别人的性命就好像取草芥一样，然而，他们也都知道，自己的性命，也并不值钱。

外面下着大雨，解九看了看门边的伞缸，他没有拿伞，而是径直走进雨里。

雨　中

解九在雨里走着，任由大雨瓢泼而下，身上的大衣吃水，越来越重，他浑然不觉。

这么多年了，他谨小慎微地活着。脚下的每一步落下，连扬起的灰尘他都要算到飘飞的方向。但是现在，他只想在雨里冲一下自己滚烫的太阳穴。

他想起了齐老八当年给张大佛爷算的那一卦，想到了自己刚刚就这么轻易地把张启山这个似乎强大得像山一样的男人，一个人丢在身后的那幢房子里，独自面对那么决然的命运。

他一边发抖一边走着，不知道是因为对于未来太恐惧，还是因为寒冷。

但是他告诉自己要冷静，他看着大雨中的长沙老城，看着那些熟悉的石板路和屋檐下避雨的人，他告诉自己必须要冷静。

那一天他在长沙城里走了十个时辰，走到雨小了又大了，走到天黑了又亮了。他路过所有那些熟悉的、不熟悉的门口，猜测里面正发生的事情。

里面传来各种声音，也许是雨声给他的错觉，也许真的是听到了，解九明白，里面的人浑然不知：那即将到来的风暴和结局，和他们平日里思索的，是那么的不同。

最后，他在黑背老六的面前停了下来。

六爷坐在屋檐下的墙根，身后是栖身的客栈，能听到堂内打麻将的声音。白姑虽然不是一个特别精明的女人，但是总比黑背老六要懂得，钱这个东西是怎么个用法。黑背老六身上的衣服是干净的，头发胡子修剪过，虽然不是很得章法，但是总是个正常的人了。

只是他还是坐在墙根，听自己的女人在里面打上几圈麻将，也许他最初的享受带给他的印象太深。或者是他的生活太单纯了，单纯得完全没有必要改变。

几年了，六爷是在几年前把这个女人背回到长沙城的?

他记不清楚了，但是他记得进城的那一串血脚印，延绵到看不到的路的尽头，单薄的鞋子让这个男人的脚板冻裂了无数的口子，在雪地里留下了这些痕迹。

自此之后，再没有人叫他疯子六，就算是不知道他出身的人，说起他的时候，也只敢代称六爷。偶有人戏谑几句，总有女人会用手指戳着他脑袋大骂："什么疯子六，疯子六做的事情你做得到吗？"

白姑后来的日子过得不错，因为谁都知道，拿了六爷的东西，结果会是怎么样。长沙城在那几年没有传奇，唯有黑背老六的这件事，传过长长的一阵子。

然而，要结束了。

解九叹了口气。

他心里清楚，佛爷让他知道这件事情，肯定不是想让他提意见。佛爷是什么样的人，这么简单的道理，佛爷不可能看不懂。

佛爷是想让他做些什么，如今，也只有他可以做些什么了。

要冷静下来。

解九继续往前走去，他不再缓缓地步行，开始快步走向自己的巷子，他的脑子被雨水浇得冰凉，然而还不够，他要前所未有的那种冷静。

对　手

针孔里有一些红肿，是消毒不彻底？解九看着自己的手臂，叹了口气。

如果洋大夫来了，肯定不会让他自己做这种事情的。不得不承认，再严谨的人对于自己不熟悉的领域，还是无法做到最好。

解九坐在自己的书房里，说是书房，这个房间里其实什么都没有，面前只有黄花梨书桌和四周空空的书架。书桌上，只有白色的托盘和一只注射器。

没有书，从九岁开始，解九已经习惯了，所有能记住的东西，都用自己的脑子记住。他不信任任何的媒介，不该别人知道的东西，连写都不要写下来。

他闭着眼睛，脑海里是长沙城所有的道路，所有的城门、桥梁、小巷。

首先是地形。

他心里说道，他得知道，他所导演的这出大戏，舞台是什么样子的。

长沙城的全貌，开始在他的脑子里不停地延伸，镇静剂让他无比专注，所有的细节并不是一个一个闪现，而是几乎同时出现在他的脑海里，就好像他同时走在长沙城的十几个地方。

这是他平时做不到的，这是药物的作用，无法持续太长的时间。

然后是，第一场戏的主角：黑背老六。

这个名字，在那沓信封的最顶上。

也就是说，三天内，佛爷就会对他下手。

他看信的时候，把信重新排列，把黑背老六放在最上面。这是为佛爷考虑，黑背老六的死，是最不易察觉的，却又是最有分量的，黑背老六如果逃脱了，也不会去报信。最重要的是，黑背老六本来就疏离于他们，佛爷第一个下手，稍微容易一些。

但是如今，他反而面临自己给自己设下的难题，不能让黑背老六离开长沙，因为如果佛爷出师不利，后续的变化无法估计，所以又必须让六爷活下来。

他做不了这个事情，解九很明白，自己不能出现在这个剧本里一分一毫，他面对的对手，远不是江湖上的那些狗头师爷。

他需要一个佛爷的对手，一个不想让佛爷成功的人。

有没有这样的人选？

没有，解九皱紧了眉头，一丝焦虑突破药性涌了上来，但是很快就被压了下去。

三天，留给这个人一天半时间，不，两天时间。那么，自己还有一天时间，为佛爷创造一个对手。

时间，是这一次计划最大的敌人。

解九看着桌子，想着这个人选，头上开始冒出冷汗，他想不出来，即使有些人合适，他也没有把握。

他不能做没有把握的事情。

不可抑制的焦虑涌上了他的心头，他明白自己在思考一件不可能的事情，不仅仅在于事情的不可确定性，而是他并没有在佛爷身边钻营，他在算计一些他完全不了解的人。

满眼的画面，他发现完全无法让自己安静下来，他的心跳并不快，但是似乎有一只巨手死死地按压在他的胸口，让他无法呼吸。

他拍了拍自己的脸，拉开抽屉，又从里面拿出一只注射器。他吸了口气，把针头在酒精里消了毒，再次插入了自己的血管。

慢慢地，他又安静了下来，他想把注射器放下，却发现注射器已经不在自己手里了，不知道什么时候掉在了地上。

他低头去捡，眼前一黑，倒了下去。

理　由

松花江边上，万里冰封，从江冰上散发出的寒气，冲上岸边的堤岸，似乎把一切都冻住了。

堤上也结了一层薄薄的冰，不知道是冲上的水汽凝结的，还是之前的雪被铲掉之后的残余。

张启山披着黑色的大衣，全身上下都穿戴整齐，仍然感觉身上的温度在被无情地抽进江水里。

太久没有回这片土地了，竟然有些不习惯。

“要不还是回去吧？”身后的狗五说道。他已经被冻得像只死狗一样。东北这种地方，果然不是自己这种人能来的。

“明天就走了，来了半个月了，也没有四处走走，今天再不出来看看，不知道猴年马月还能再回来。”张启山说道，“你要受不了，就自己先回去吧。”

“那怎么行，你一个人也没带，我自己回去了，你的手下不得打死我。”狗五跺着小碎步说道，“没事，我陪着你，反正明天就走了，真能冻死我不成？”

张启山也没有理他，忽然看到江面上有一个小黑点，他敲了敲自己的拐杖，发现似乎可以当冰杖用，就往江面上走去。

“欸欸，佛爷，你往哪儿去啊？”狗五追过来，张启山回道，“远处有人在冰钓，走，去看看他的收获如何。”

狗五抬头一看，就看到那黑点在江面下游非常远的地方，不由得咋舌。一咋舌，一股冰冷的温度就吞到他的喉咙里，差点冻住他的肠子。

果然是佛爷，性情真是飘忽不定，他心想。张启山和二爷不同，二爷风花雪月，很多事情都能谈到一块儿去；张大佛爷却似乎永远把他们当小孩一样，很难和他有什么交流。九门里，也只有二爷能和他说上话，其他人很难知道他到底在想什么。

一路在冰上磕磕碰碰滑来滑去，狗五发现幸亏自己是在南方发展，要是来北方，自己这点身手早被人做掉了。在这儿连走路都得重新学。

到了冰钓的地方，他已经觉得自己肯定会死在松花江上了，就看到一老头儿在面前砸了六七个冰洞，在那儿钓鱼呢。

狗五想上去问问收获如何，被张大佛爷制止了，他们在老头背后十几米的地方看了十几分钟，张启山转身对狗五说道："回去吧。"

"不问问，这能看出点什么啊？"狗五问道。

"非得看出点什么来才对吗？"张启山笑了笑，拍了拍狗五的背。

狗五莫名其妙，不过能回去他还是心花怒放了，立即跟了上去。

"老五，你这次来东北是干什么来着？"张启山走了几步，忽然想起了什么，边走边问狗五道，"我记得你也已经收手了吧？"

"我不是来东北做什么，我是在长沙待不下去了。"狗五说道。

张启山顿了顿，他知道狗五的事情，问道："那你为什么偏偏来东北呢？"

"这不是你在东北吗？我得来找你问点事情。"狗五说道，"知道了，我就去杭州了，可能再也不会回长沙了。否则，我去了杭州

也不安心啊，我自己没事儿，万一连累了其他人，我不可以对不起那些人的，你知道的。”

张启山叹了口气，脚步慢了下来：“问我问题，前几天怎么不问，现在才问？”

“不是每一个问题都那么容易问出口的。”狗五说道。他一直犹豫要不要问，忽然张大佛爷提起来了，他觉得最好还是要问一下。

他来东北，一方面是因为这里是冬季，比较好藏身；另一方面，他真的需要一个答案。

张启山停了下来，站在松花江的中心，他还是看了看四周，说道：“那你问吧，现在，只有我们两个人。”

“为什么？”狗五说道，“为什么你不放过他们？只要你动动手脚，长沙就不会那么惨。你不是无情无义的人，那些人里的很多人都是你以前的伙计，你就这么看着他们死？真的是死绝了，你不知道吗？这次是真的死绝了。”

裘德考离开长沙，把所有盗墓贼的名册全部抖了出来。张启山知道全部的内情，亲自督办，没有一桩徇私，长沙城的盗墓贼死了个干净，很多都是张大佛爷自己的伙计。

让狗五痛苦至极的是，张启山的人上门抓人的时候，一看是张大佛爷的人，没有任何人反抗，所有人都以为张启山会给他们一条活路，谁也不想让张大佛爷难堪。

然而都死了。枪决的时候，很多人到死都不相信，这是张启山的作为。

张启山不说话，他想了很久，问狗五道：“你恨我吗？”

“不是恨。”狗五说道，“我不知道你到底想成就什么事情，我只知道，伙计们把你当神一样，你举手就能救的事情，你都不做，二爷的夫人也是，老六也是，你的伙计们也是，你到底是在谋求什么？”

张启山默默看了看快冻在冰面上的靴子，说道：“去杭州吧，把这些都忘了。”说着转身往岸上走去。

狗五没有跟上去，等张启山走了十几步，他大叫道：“到底为什么？！你随便给个理由也行啊，一个借口就行了！”

张启山摆了摆手，他的心里很平静，有愧疚吗？他的心里已经装不下那些东西了吧。没有人知道下令抓人的那个晚上，他拿着手枪对准了自己的太阳穴。他多想和那个唱戏的一样，轻易就能说出“负天下不负佳人”的话来，他也多想像那个要饭的一样，一把刀抱着就能睡得安稳。

可惜不行。

是的，我是有理由的，但即使说出来，也什么都改变不了。

张大佛爷走上堤岸的时候，回头看了看江的中心，最乐呵呵的老五，最看得开的老五，最不愿意记恨别人的老五，来到东北，是想来找一个不恨自己的理由吧。

“总要有个人被人恨。”张大佛爷自言自语了一句，闭了闭眼睛。

“永不再见了。”

棋　局

吴三省看着面前的棋局，上半身纹丝不动，但是双脚已经不知道换了多少次位置。

吴二白在对面看着他，看到他对自己淡定地一笑，心中不免好笑。

内心这么焦虑，还要保持上半身到脸纹丝不动，没有破绽，老三的城府确实修炼得不错。可是这内心的急火，他这种性格，却是再掩饰也掩饰不住的。

“你也别多想了，快下吧。”吴二白对吴三省说道，“七步之内将不死你，就算你赢。”

“别，这样赢了也不光彩，我又不是输不起的人。而且，我未必就一定会输呢。”吴三省说道，“老子设的套，你还没发现呢？”

“你怎么用两个卒和一个相设套，你这个套的窟窿未免也太大了。”吴二白看了看自己吃掉的一打棋子。这是田黄的象棋，老爹做寿的时候，九爷爷送的。据说是苏州的大师傅雕的，上面的字也是名家写的，相当珍贵。如今不到三年，就磨得有些包浆了。

“输了不准砸棋盘啊。”他看到包浆就有些紧张起来，这东西要是被老三砸坏了，自己也得跟着倒霉，老爹非放狗咬他们不可。

说起那些狗也真是，在老爹眼里一个个都是宝贝，自己的亲生儿子却不放在眼里，是觉得他们三个辈分在它们下面吗？

不好，走神了。

吴二白吸了口气，老三还是在他面前正坐着，纹丝不动地看着棋盘，眉头都快打结了，没有发现他神游天外。

他不爱和老三下棋就是这个原因。老三倔强而且顽固，看到自己快输了，往往一步棋要想十几分钟，非得把棋局拖到吃饭的时间，然后说一声："哎呀，没时间了，这盘算打和啊打和，吃完饭开盘新的再来过。"

不过在这个家里，能和自己下一盘棋的，也就老三了。老大虽然下得也不错，但是喜欢防守，而且稍有下风就会立即认输，下得没什么乐趣。

"要不，算和棋？"吴二白说道。他实在耗不起时间了，下午还约了老大去店里盘货。

"不行！"吴三省道，"这种局势下，要是算和棋，还是你让的我，于我还是一个败字。"

"那你能下得略微快些吗？"吴二白说道，"下一步棋能烧开一壶水了。"

吴三省白了吴二白一眼，"急什么急，老子想后招给你设套呢！"说着抬手准备推棋，"这一步一定让你大吃一惊。"

吴二白看着吴三省一愣。这盘棋所有的走法，他都已经了然于胸，推测出吴三省所有的走法，都会在七步之内被自己将死。所以他的注意力不在棋盘上，只是机械地盯着面前的弟弟。在吴三省抬手的那一瞬间，他看到吴三省的脸色，隐约露出了一丝其他表情。

在那种淡定之间，这表情几乎无法分辨，得意，紧张，还是沮丧？无法分辨，但是这一次极其轻微的表情变化，还是让吴二白捕捉到了。

有诈，他几乎是条件反射地一把抓住吴三省想要推棋的手。

吴三省受惊："干吗？"

吴二白低头看向棋盘，缓缓地看过所有的棋子。果然，他发现，其中一个棋的位置，被移动过了。

"我让你你不服气，作弊赢了，你就能接受了？"吴二白问道，"你的逻辑我真是搞不懂。"

"作弊？我没作弊啊。"吴三省装作非常无辜的样子，"谁作

弊了，老子想到妙招不容易，你可别赖皮扣我个帽子。”

吴二白放下他的手，把手指移到那颗棋子上面，缓缓移回刚才的位置，“老三，你要不要我把这盘棋全部反推回去看看？看看这颗棋怎么才能到这个位置上来？”

吴三省看着吴二白的眼睛，骂了一声：“要蒙你一次怎么就那么难？不下了不下了，下次再来过。”说着把棋一推，把棋子全部都弄乱了，“你收拾，我去睡觉看棋谱，我明天一定能赢你。”

“别啊，你和我说明白了，怎么我让你你就不服气，你自己作弊就觉得没事？”吴二白看着被打乱的棋盘，有些生气。这小子是在外面当大爷当惯了，在家里欠收拾了？难怪老爹让自己好好杀杀他。他把弄乱的棋用最快的速度摆了回去，推到吴三省面前，“你推是推不乱棋盘的，就算你打麻将，推乱了我也能给你摆回来。”

吴三省盯着吴二白，显然没想到老二竟然会纠缠不休。他瞪了半天，不知道该怎么应付。

在外面打架他的手可黑了，但是和老二打架，他虽然也不至于打不过，但总不能把老二打死。即便是打伤了，他老爹也不会放过他。更何况老二这人太狡猾，只要得罪了他，就算同他和好了，逢年过节他肯定还得给你使绊子。

难道现在犯㞞？他倒也不是不会，不过这段时间他确实在外面比较嚣张，这个心气有点转不过来。

他盯着吴二白，吴二白也盯着他。吴三省的凶横是这一代出了名的，都说狗五爷生了三个儿子，老大是狗，老二是狐狸，老三是疯狗。疯狗是没有理智的，甚至是一些老前辈都有点忌惮这个什么规矩都不讲的败家子。可是吴二白的眼神里没有一点畏惧。

光屁股的时候老二是怎么看自己的，现在老二还是那个样。瞪了半天，吴三省终于妥协，他坐了下来，开始自己收拾棋盘说道：“得，我认输，我作弊可耻，改天请二哥吃饭赔罪。”

“我是想听你的逻辑。”吴二白说道，“为什么我让你你不接受，你作弊就接受了？”

吴三省看了吴二白一眼，把吴二白吃掉的他的棋子拿过来一个一个摆整齐，而且是按照一定的顺序，他知道吴二白是那种所有事情都必须有次序的人。

“因为靠的是我自己作弊，不管我作弊，还是耍赖，还是摔棋盘，我只要能不输，我都会干。这些事情，全部都是我自己干的，我不需要仰仗其他人，这对于我来说就足够了。”吴三省说道，“你知道老爹一直不喜欢我，从小我要做点什么事情，他肯定不喜欢。我们家现在窝窝囊囊的，你和大哥心思都不在这个上面，我要干出点名声来，也只能靠自己。”

吴二白端起一边已经有点凉的茶，说道：“老爹是不想我们和这个家族事业有关系，难得不用子承父业，可以干点自己喜欢的事情，你怎么就不明白呢？”

“很多事情，不是老爹说不想我们有关系，我们就可以没关系的。”吴三省说道，把最后一个棋放回原位，就发现自己一点气都没有了。

和自己人，果然生不起气来。

“好啦，你满意了，你不是还要和大哥去盘货吗？最近择一天，我请你吃饭赔罪，再过几个月，你就要离家去学洋学了，老大也要去地方上工作了，我们可能得好几年见不到面。这家里，就剩我一个无业游民，得冷清了。老三我这段时间得多多请你们几顿。”吴三省端起棋盘，就往房间里走去。

吴二白看着他，忽然觉得老三和自己想的不太一样，他一直以为老三是个任意妄为的人，行为中只有情绪。但是现在看来，这种不可控却是来自一个相当可控的内心。

如果说老大是表里如一的可控，他自己是内敛的可控，那老三就是完全隐藏了自己内在逻辑的可控。老大一眼就能看透；自己看不透但是能被别人预判到内心的大概状况；而老三，他的外表和内心是两个世界。

老三以后的路，恐怕会是他们三个中最坎坷的。

吴二白有些心疼了，他一口喝了茶，对着吴三省的背影说道：“老三。”

吴三省回头：“干吗？”

“心里有一个想法，不管任何手段都想去实现的话，有的时候，还得学会仰仗他人，特别是自己人。如果你觉得靠自己最好，那你最好记得，实在不行，总有几个自己人可以找一找。”

“知道啦。”吴三省点上一支烟，笑了笑，背过身去。

青花瓷

霍家的仓库里，有一批青花瓷，都是品相完好的，其中有十三件大套，都是民国时候收来的。传世品看着温润，不如其他东西一样看着冷气森森，深得仙姑的喜欢。

霍玲从小出入这些仓库，霍家的女人，首先要学的便是陈列和摆设，越是珍贵的东西，捧起来越要轻巧从容，却不能露出财大气粗的感觉。民国时候九门很多珍品都存放在霍家内院，进去的时候土腥尸锈，出来的时候，霍家无一不保养得生机勃勃。

其中，霍玲最喜欢的一只青花瓷十分特别，这和她的性格有关，霍玲是一个性格比较乖张叛逆的女孩子，家庭宠溺，让她的性格无所约束，想要什么就必须得到什么。

这只特别的青花瓷瓶，大概只有现在中型保温瓶的大小，在青花瓷器里，说大不大，说小不小。特别之处在于，上面的瓷胚基本上是全白的，没有任何花纹，只有在瓶子的下端，有一点点青花纹路，是一颗豆芽。而青花的颜色很重，很黑，看上去就似一个污点。

因为家庭和容貌的关系，就算有所阻碍，霍玲最终也都能达成目的，所以养成了无法无天的性格。青花瓷有固有形式，上面的青花图案大多数都能说出个所以然来，其中价值连城的不乏多数。但是霍玲偏偏都不喜欢，在她眼里，别人说不好的，她非得说好，而且就得是好的，才能证明自己的与众不同。争论得多了，她索性从

库房将这只瓶子搬了出来，放到自己房间里。这样的瓷器，在很多时候，都不能称之为瓷器，也不知道为何会被收入库中。因为实在太过丑陋，所以也一直无人重视，赏器的时候也不会拿出来。放到房间里就更加难看了，她自己看多了，也觉得不对，但是碍于面子，必须嘴硬下去。

霍玲唯一一个不敢在其面前太过放肆的，是二月红。当时的二月红，已经是一个有些年纪的人了。当然他和莽夫不同，偶有登台，所以容貌看上去仍旧会年轻很多。二月红很安静，做事很周到，动作不紧不慢。看惯了霍家的女人，再看男人总有诸多的不是，但二月红不一样，对于霍玲来说，这样传说中的上一辈，她能看得上眼的，恐怕就只有这一位。

那年春节，二月红做小宴，霍玲代表霍家送去东西，老太太准备了一只玉雕的青鸟，趴在枝头上，枝头的玉石是褐色的，鸟是五颜六色的，虽然不是翡翠雕刻，是另一种较常见的玉石，但这样的雕工，已经是非常珍贵的了。霍玲看着喜欢，觉得小宴这种场合，这样的礼物有些过重了。

所谓小宴是这一代九门众人春节的时候互相串门、联络感情、交换礼物、互通有无的习俗，九门的人很多深居简出，只有在这个时候才能真正聊上几句。也是很多新起之秀拜码头的时候，礼物繁杂，都不会太过珍贵。很多礼物也是直接入的库房，连拆都不会拆。霍玲思前想后，将这只玉雕青鸟自己留下了，将房间中百看生厌的那只奇怪的青花瓷瓶，当作礼物送了过去。

自以为神不知鬼不觉，不料第二天，这只瓷瓶就被送了回来，二月红写了一张纸条：此等珍品，受之有愧，望妥善留存。

霍玲机灵，知道这件事情之后，立即找了伙计封口。她知道二月红几乎不会和别人闲谈，所以这件事情只要伙计不说，家长们就不会知道。以她在家里的小霸王脾气，伙计也不敢乱提。但是她很好奇，为何这只青花瓷瓶子，会珍贵到二月红收都不敢收的地步。

她带着瓶子去找二月红，当时二月红正在修琴，要进到二月红的内院很不容易，霍玲想过要起一番波折，没想到她来了之后，便被伙计直接引到了二月红面前。

二月红用力地压着琴板，缓缓地上弦，头都没有抬："说吧。"

"这只瓶子。"

"我是不会要的。"二月红淡淡道，"我也不明白，为什么会送这么贵重的东西给我？"

"这只瓶子很贵重吗？"霍玲看到二月红之后忽然变得怯生生的，"也不是很贵重吧，我家里有很多。"

二月红放松手上的力气，看了看霍玲："你家里有很多？"

"是啊，很多还成套的。"霍玲轻声说，"二爷，您不像那么没见过市面的人啊。"

二月红稍微有些疑惑，但是他立即释然了，显然为何霍玲会来和他聊这个事情，为何霍家要送他这么贵重的礼物，他都没有太大的兴趣。

他到一边的铜盆里洗了洗手，擦干，然后把怀里的蛐蛐递给伙计，来到霍玲面前，把青花瓷瓶拿了过来，放到桌子上，然后拿起一边热着的茶壶，把热水倒入青花瓷瓶内。

青花瓷瓶下面的青花豆，竟然开始缓缓地发芽，一抹蓝色的藤蔓，开始缓缓蔓延，最终爬满了青花瓷瓶。其线条之精细，藤蔓蔓延之生动，好像这颗豆子是活的一样。

霍玲看得目瞪口呆，二月红说道："瓷色是特制的，用的是一种南疆的草药，非常稀有，只有温度升高的时候才会显露出颜色。一般都是黑色，这么接近青花的颜色，更加珍贵，不用说温度从瓶底蔓延，之后所有纹路显现的过程，都是非常讲究的。这样的瓶子，能找到一个，已经是极端幸运的事情了。”

霍玲呆呆的，完全没有反应，二月红不去管她，来到院子里，看了看太阳光在地上的光斑，吸了口气。

很多东西，能找到一个，都是极端幸运的。对于人来说，这样的事情，真是残忍。

有一个人等了十年，
我可以有再见的一天；
有一个人，有多少个十年，
他都不会再出现。

第四卷

我遇到的人

闷油瓶

我碰到一个很讨厌的小子，我从来没见过这种人，他肯定是一个嗜睡症的重度患者，我看他除了要走路的时候，其他能睡的时候都在睡觉，即使是走路的时候他也闷声不吭，没睡醒的样子。

我给他起了个外号，叫作闷声不吭的拖油瓶，我不喜欢在背地里骂人，但是这人实在是过分。怎么说我也算是个善于结交人的人，但是他的态度，完全就是一副没有必要和我产生任何关系的样子。

不过有他在身边，总有一种很异样的安心，可能是沉默的人总让人有很厉害的错觉。我很想知道他的眼神下面藏着什么。

阿　宁

不可否认我对她有一些好感，不管是因为身材，还是因为她那种暧昧的态度，不过理智告诉我，必须离她远点。

这个女人精力充沛得让人羡慕，我觉得把她踢下水让她跟着船游她都不会被落下。看着那种活力，我就考虑是否要把自己在躺椅上打瞌睡的时间用到锻炼上，不过我看她的神情，总觉得她有一些落寞。

胖　子

我们去永兴岛接的竟然是胖子。也不知道是不是上辈子和他结过梁子。看来从鲁王宫出来之后他过得还不错，好像又变胖了。

这丫一上船就抱怨潮得身上都要长蘑菇了。喝多了，他还想冒充一下世界之王。

这不是我第一次见他，不过我到现在才有兴趣仔细来打量他一下。可惜实在是没什么好说的。

潘　子

从长白山回来之后，一种衰老的感觉扑面而来，真切地感觉到自己老了。人的一生如果有几年经历如我这样，恐怕对人世间种种纷争挑战，都提不起任何兴趣。最常做的，就是想念，坐在炉子前，听着雨声，不知不觉就回到了当年。想着睡去，又被惊醒。

有人告诉我，如果不想老是想起，那就写下来，写下来的东西，会忘得比较快。

于是我最近一直在写点东西，一方面想试试他说的，一方面，记性这种东西，研究得多了发现确实不靠谱，让自己也挺害怕的，就想趁记得的时候，都写下来。

既怕老是想起来，却也完全不愿意忘记。

事情一件一件写了很多，写到潘子的时候，我往往要停下来，写得慢一些。

我能回忆起潘子很多事情，林林总总，小时候，长大后，潘子在我印象里总是一个样子。但我现在回忆，竟然都是墓碑上的那张黑白照片，那张照片很显老，时常让我惊醒：虽然我觉得他一直是一个样子，但他其实还是老去了。

不过，我也时常想，如果潘子还在，他看到自己的墓碑，照片拍得那么显老，估计会亲手砸掉吧。

我想起以前也曾经鼓励他学点文化，他文化水平不高，有时候他挺听我的话，学点函授什么的，但基础太差，并没有什么长进。我也劝他学过厨艺，潘子给我做饭的时候，最拿手的是糖和盐混合的盐粥，鸡蛋蘸醋吃，都是战场上的吃法，我其实挺喜欢吃的。潘子总觉得不太好意思，小三爷吃这个太埋汰，但不好意思归不好意思，下次最多多几个火腿肠。

最初的一段时间，我没有梦到过潘子，当时我希望能梦到他，因为我觉得是我害死了他。我觉得，他的结局应该是娶一个婆娘，吵吵闹闹地过下半辈子，而不是死在一个坑洞里。

三叔还是没有回来，我想，大概是不在了。

过年和家里吃饭的时候，三叔的位置常常空着，我老爹站在门口，等到开饭。他总觉得兄弟在过年的时候回来，在外面做了任何事情都是可以原谅的。但三叔一直没有回来过。这些年，父亲也就逐渐不等了，说：大概是不在了。

三叔很讲义气，他会不会去接潘子呢？潘子在黑暗中最后的那段时间，如果三叔当时在陪着他，我觉得也是好的。这两个人，还是在一起的好。

我想起这十年里，我以为熬不过去的日子也很多，那种穷途末路的时候，我都会有解脱感，好多事情，我真的不想一个人做。如果死了我可以去找他们，他们会管着我。结果熬着熬着，我也熬成封疆大吏了。是不是你们在保佑着我？

写了很多事情，有潘子的时候，我都会停下来好好想想，写慢一些，因为我知道，某个日子之后，我的文字中再不会写出他的名字。

这几天一直在下雨，我终于写到了那一段，那一天我停下笔，没有太多的兴趣再写下去。

有一个人等了十年，我可以有再见的一天；有一个人，有多少个十年，他都不会再出现。

但我不会伤感，我只会点一支烟，因为我是他的小三爷，潘子跟的人不会给兄弟们丢脸。

追忆 @ 张起灵

某年某月。

张起灵坐在雪中，边上的老式收音机在严寒中艰难地工作着，发出嗤嗤的噪音，能听到里面嘈杂的对话声，全部都是康巴格鲁话。

这是搜捕他的人的无线电。所有人都在四周的茫茫雪山深处，希望能找到他的痕迹。

蓝色的藏袍即使在这样的严寒中，也让他感觉到舒适，他能看到远处，很远很远的远处，寺庙微弱的灯光。

雪越来越大，黄昏已经到了尾声，远处虚弱的光线仍旧被这些白雪反射，在雪山之间形成暗青色的光晕。

他拧动了收音机的按钮，嘈杂的对话声消失了，取而代之的是一首有点空灵的音乐，应该是某个电影的原声。他听了听，拍拍自己的背包，那是另一个人喜欢的乐曲。

他把收音机塞入自己背包的侧沿，拉紧了背后背着的藏木骨灰盒，往雪山深处走去。

空中猎鹰飞过，它惊讶于看到这个人，是在雪峰的山脊上行走。万里雪山犹如蟒蛇一样在这个人脚下展开，随着猎鹰的升空，展现出令人震撼的荒凉。

收音机的声音随着远去越来越轻，又似乎在空间中越来越空灵，那是一首名为《挚爱》的乐曲。

一起归于黑暗，只有挚爱之声，伴随着藏海花的清香，在白雪中散落穿梭，安静，安宁，安详。

这是《藏海花》中被删减的一段，也是本来用来作《藏海花》动画片头的DEMO。《挚爱》是《东邪西毒》的原声，我是听着这段音乐写的，这段情节发生在他认识吴邪之前，骨灰盒中是他逝去多年的一个伙伴。是的，他没有朋友，仅有的只有伙伴。是陪伴，无法共享任何的快乐和痛苦。

即使如此，他还是将这个人的骨灰从长白山带了出来，带往他自己的圣地，那个他曾经承诺要一起去的地方。

一个人，再也不敢奢求，哪怕只是陪伴。

这是我对于张起灵最初的印象，大雪中，犹如神和野兽一样的，绝对孤独。

麻　将

闷油瓶从来没有娱乐活动。我见过很多闲人，就算最古怪的人，总有一两样自己感兴趣的活动，就算是发呆的时候，手里也可以转两颗核桃，实在不济的抽烟，拨自己的脚皮，咬指甲。

很少有人在没事情干的时候真的什么都不干。但是闷油瓶真的是绝对不作为，你把他往一个地方一摆，就是一盆栽。盆栽还会长呢，他放一个地方，从早到晚就是一个姿势。

这也可能是他失忆之后的后遗症，但是我和胖子一致认为，没有娱乐的人生就不是人生。

人首先要学会娱乐，我们知道闷油瓶感受不到娱乐之后的快乐，但是但凡是人，总有一种本能，就是在大家都愉悦的环境中，自己也会觉得愉悦。那么久而久之，如果他知道打麻将可以让所有人愉悦，应该也会喜欢上打麻将。

这是我们幼稚的想法，当然，我们也知道，让闷油瓶上麻将桌子很难，我们又不可能说不打就弄死他——这年头我们已经不做这种傻事了——但是，人总有弱点，仔细思考一下，总有办法。

闷油瓶的弱点不多，基本上谁的话他都不会听，不尊老，不爱幼，美色、美食都不关心，唯一能让闷油瓶妥协的，是他关心的实

质性的问题。但是你告诉他麻将和他的过去有关，他也不是白痴。

胖子找了个折中的方法，就是告诉他，和他打麻将的人，知道一些事情，需要愉悦了那个人，才能有一些线索。咱们仨得陪打，而且对方不愿意和其他人打，就得看看小哥你的牌品。

这个理由很牵强，但是从胖子嘴里说出来，很有说服力。加上我在边上强调，咱这是在北京，不能上去就踹一脚逼供，得顺着对方来。

于是教了他麻将的基本技法，闷油瓶虽然呆，但是智商很正常。我很快就发现，他其实会打马吊，但是应该基本上没有打过，只是之前学过马吊的基本知识，所以基本上就是个陪打。

这对于我和胖子来说就足够了，于是叫来金万堂，就在潘家园边上的华威西里的海什么棋牌室开了一桌。

小哥很配合，他铁定是不会胡的，摸牌，看也不看就摆牌子，乍一看还是个铁算盘做牌算牌的老手。金万堂就有点蒙，以为我们要算计他。后来打了三圈，发现对方就是个自动码牌机才放下心来。

胖子和我虽然好久不打，但是因为都是贼精的性格，很快就会了基本门道，封下家非常熟练，金万堂就更加不用说了，算三家牌四圈下来都不带头涨的。这么打下来，小哥就是个点炮王，基本上大家五手之后就等着小哥点炮了。

金万堂嘴欠，他赢得最多就有点得意，一直叨叨："小哥，你这手不是字就是条，你可欠着打，我这儿等着呢，九张里头五张都卡着口，我要不捉你，小三爷那儿肯定字一色，您可别一炮双响，放了关羽还有张飞。"

胖子就怒了："人家打什么牌你管得着吗？小哥，爱打什么打什么，打他脸，把他这张嘴打歪了凑个三筒，老子开杠。"

闷油瓶完全不理会，还是自顾自迅速出牌。

这样打了几回，感觉麻将疗法效果不大，金万堂倒是越来越喜欢和我们打牌，每次打光十三幺他就要胡三把以上，我都开始怀疑他出千。我慢慢开始觉得麻将疗法是没有希望的，不如带小哥去看电影，他还能睡两个钟头。

抱着这样的想法，后面几次我们玩得也是心不在焉了，可就在这段时间，忽然有一次，小哥让我们惊到了。

我们已经习惯了他不碰不摸，摸了牌就打，所以轮到他摸了牌之后，胖子就抢着去摸他的那张牌了。这应该是张相当好的牌，胖子脸上的肉一抖，就缓缓往自己牌里送，嘴都要咧开了。

就在这个时候，闷油瓶抓住了胖子的手，让他把牌放回来。然后自己开了个暗杠，接着左手翻出杠牌，放到了自己的牌里。皱了皱眉头，一动不动。

这是他这么长时间以来第一个不同于摸牌的动作，所有人都惊呆了。

我紧张地看着他，四个人就这么一动不动地盯着他的牌，足足过了两三分钟，胖子问他："胡了？"

闷油瓶点了点头，胖子把他的牌翻倒，是个杠上开花的狗胡，只加了两番。

胖子简直热泪盈眶，好像家里的小孩终于不尿床的感觉，和闷油瓶激烈握手。闷油瓶的目光却盯向了金万堂，我一下明白了闷油瓶的意思，心说不好，事要大。立即抓起金万堂跑出门外，漏夜狂奔了三条大街，才幸免于难。

很多地方都有血尸的传说，
血尸墓其实指代的是地层下有保护层的墓穴，
一般比如说设置了火顶，酸顶，或者朱砂顶的古墓，
用洛阳铲探出来都是红色的，
特别是酸顶，那红土如鲜血一般，
其实都是因为里面含有大量的朱砂。

第五卷

器物、怪物

当时在地下并没有拍照，所以没有照片。网络能搜索出来一些类似的东西。

一共有 230 块各色玉片，用金丝相连，总重大概有 40 斤。这些玉石质地不会太好，本身的价值一般，主要是出售其历史文物价值。底价在 100 万元以上。就近出手，全身而退。

我把殇王地书能够看懂的部分抄录了下来，有些字迹不明，有些字过于执拗，电脑无法显示，我都转换成了现代汉语。

殇王，姓□氏，讳□□，年二十五，父卒，继为大司马，领军发冢，所得金银宝货，悉充军饷，以助征伐，于国颇有功。初，王发一古冢，其冢不知何朝也。开棺而视，棺内盘有巨蛇，昂首欲噬王。王胆气素壮，提剑斩蛇，又思巨蛇卧棺，必有妖孽，剖蛇腹，得紫金匣，百法莫能启。

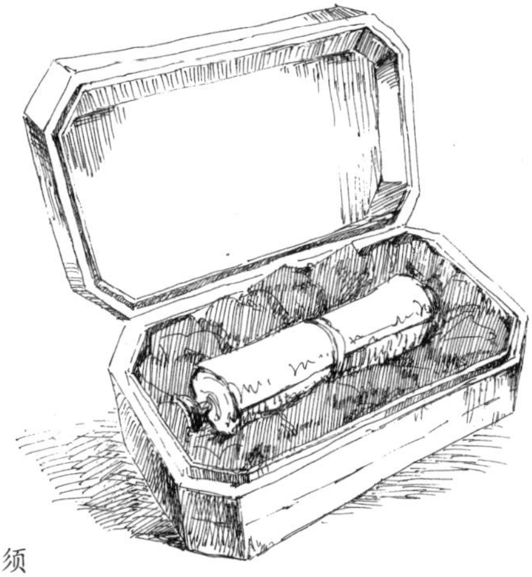

是夜，有白须叟入梦，怒问王曰：因何杀我？王性暴戾，多行杀戮，斥白须叟曰：想杀便杀！何问之有！白须叟大怒，化为日间巨蛇，张口来吞王。王拔剑伤蛇，脚踏蛇首，曰：尔剖腹不死，今割尔头，尚能活否？蛇做人言，乞怜曰：愿献二宝，以换一命。王许之，蛇乃告以紫金匣开启之法，又授以匣中宝物之用。王熟记于心，自思此事宜秘，只可我知，遂斩蛇首。及王之醒，身在血泊之中，乃悟所梦非虚，依梦中之法，紫金匣果应手而开，其中宝物，一如所言。王不欲人知，尽诛左右随从，并其家属，虽襁褓之中，犹且不免。

王自得二宝，逢凶化吉，无往不胜，

这份『冥公殇王地书』上记载的东西，简直是匪夷所思。如果不是因为经历了这么多诡异的事情，我真的不敢相信世上还有这样的事。

在『冥公殇王地书』这行字的边上，有一行小字，是他自己写的序，只有寥寥几行字；后面便是他从出生到死亡的所有重大事件，如果全都翻译出来，恐怕十天半个月都搞不定，所幸其中最主要的两件事我看得懂国之大权，集于一身，帝深赖之。后，王老迈，遂大病，多方延医，皆曰不可治。异日，王再梦巨蛇，曰：君死期到也。随蛇而至者，皆其平日妄杀之人，不知千万。王醒而惧。

王有幕佐，人称铁面先生，精命理堪舆，当世无比，语王曰：臣闻，上古有玉俑，得而衣之，可得长生。可惜世间早已绝迹，惟有地下古猎中或存。王宁信其有，遍翻古籍，果于残简中见一巨冢，乃前朝旧陵，似有玉俑踪迹。遂发丁三千，开山半年，探得皇陵所在。墓洞内有巨树，名九头蛇楠，树下有玉床，其上打坐男尸，着黑色金缕玉衣，皮包骨头，形如骷髅。铁面先生喜曰：此即玉俑是矣。此尸似死非死，是为血尸。其生前必为枯朽老者，自下葬以来，每隔百年，则褪死皮，长新皮，此尸也随之年轻十岁。

铁面先生以奇术克制血尸，将其自玉俑中取出，封入副墓石棺。王则依铁面先生之计，吞假死药，报丧于皇帝。皇帝素闻王有异能，于阴阳两界来去自如，私心甚畏，特下优诏，谥曰殇王，葬仪之制，逾于诸侯，比于天子。于是修陵于皇陵之上，多布疑阵机关，又为假棺七，而王之真身，藏于皇陵内千年古树之中。陵成之日，尽诛修陵工匠，以河水葬之。王生前随从，皆令服毒殉葬，惟留男女亲信二人。殓毕，二人亦服毒死也。

其他部分很难读懂，或者说几乎读不懂，因为秦始皇焚书坑儒之后，商周春秋留下来的很多东西都失传了。特别是很多的生僻字，即使放到中科院去也可能要花上几十年才能完全解出。

当时我没法发现其中的差别，到了三叔说起，我才发现，这部分古文的阅读性和其他部分是有一些区别的。不过，老实说，当时只有国学大师在场才能发现，我们这些人，真的只能自认中计。

看了这些东西，我很怀疑人是否为蛇的后代。

在中国古代历史上，有一个奇怪的现象，和蛇有关的神灵数量极其多，在《山海经》中所记载的454个人物中，与蛇形有关的人物就达到138个，其中被提到过蛇身记载的神灵就有伏羲、女娲、黄帝，甚至西王母。

我特别惊讶的是，西王母在最初的记载中，也是人首蛇身，和伏羲女娲属于同一形象。

按照现在一般的推测，这种人首蛇身的形象，都是部落图腾演化而来，那么西王母从人首蛇身变化到人首豹身，是否是因为西王母部落属性的变更？

也就是西王母原来是属于伏羲部落的成员，在某种条件下反水自立了门户，西去成立了自己的政权？

这就不得而知。

双身蛇，代表着男性的生殖器，好大一条。果然这种东西还是越大越好。有两条这么大的就更好了，可以打蝴蝶结玩儿。

古时候陕西到湖北之间有一个叫作“厍国”的古国，这个国家在2000年前突然就消失了。

这个国家的历史时断时显，零星出现于不少古简之中。西周早期似乎有过一段时间的突然繁盛，然后西周中期，就突然销声匿迹了。似乎是在十年到二十年的时间里，迅速地消失在原始丛林里了。

在很多神话传说中都有他们的存在，《山海经》里也有大量的篇幅记载，其中提到的川外“蛇国”，应该就是这个国家。厍是蛇的谐音，这个民族把一种拥有人面和两个身体的蛇当作神灵，所以很多装饰上，都有双身蛇的纹路。

现在研究这个国家历史的人，大部分认为，这“厍国”是神秘“华胥古国”分裂出来的后裔，其前身要推到母系社会的时候。这个国家以双身人面蛇为图腾，主要是因为“华胥古国”有“伏羲人面蛇身”的传说。

因为这些资料都是来自古籍和出土的文书，所以这个国家是不是真的存在，学界一直都有争议。

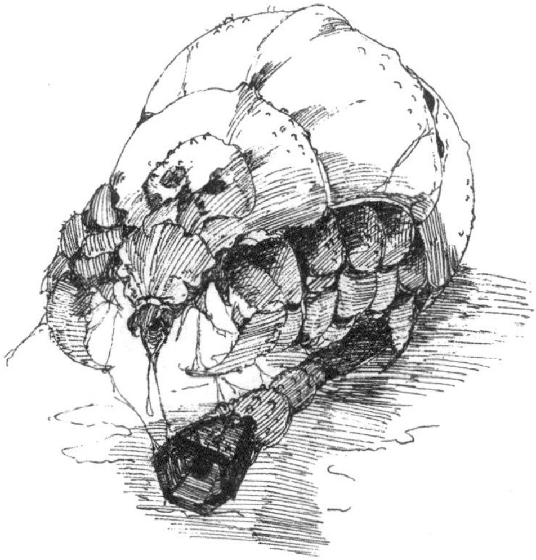

尸鳖

尸鳖是一种带甲的昆虫，感觉很像龙虱科和水蜈蚣的结合体，不过尸鳖和龙虱不同的是，尸鳖的前足特别地锋利有力，而且个头更大，喜阴暗，怕光。这种大虫子的行动非常迅捷，而且水陆两栖。以腐尸和误入水中的小型生物为食，常常积聚在浮水尸的四周，聚集成堆，且互相捕食同类。

我被这种虫子袭击过，感觉它们不太可能对有着厚厚皮甲的动物产生威胁，比如说下水洗澡的犀牛，但是对于人类确实威胁很大，因为它们有攻击腹部等薄弱部位的本能。如果不能及时上岸，它们会钻破腹部导致大出血致人死亡。

尸鳖多出现于深山河渠或者沼泽中，在山洪或者泥石流的时候会大量出现。

血尸

很多地方都有血尸的传说，血尸墓其实指代的是地层下有保护层的墓穴，一般比如说设置了火顶、酸顶，或者朱砂顶的古墓，用洛阳铲探出来都是红色的，特别是酸顶，那红土如鲜血一般，其实都是因为里面含有大量的朱砂。这些古墓有这些构造，就表示规格很高，所以才会有“血尸墓下面都是宝贝”的说法。

而为何他们会认为血尸墓下面会有血尸，一方面可能是以讹传讹，一方面，朱砂是驱邪之物，在古墓的土层里使用朱砂，肯定是希望能对古墓中的某些东西进行阻隔，所以使用朱砂封墓的古墓，尸体必然有些异变。而事实上，血尸并不如它的名字般是血红色的，而是酱紫色的。

见过血尸的人，几乎没有活着全身而退的，爷爷已经是一个特例，而爷爷在笔记里的记述也不清不楚，血尸到底是个什么情况，他自己也不知道，更不知道如何克制

青眼狐狸尸

这具古尸之恐怖诡异，难以言喻，人竟然可以长得像一只秃毛狐狸，这可能不仅仅是畸形所能办到的。我无法想象这具古尸在没有腐朽脱水前是什么样子。

胖子说这是中了邪的原因，不过从大量查证的理论上来说，这应该是一种罕见的畸形，要归类的话，应该是一种小脑症。发育的畸形使得人的脸部奇长，也有可能和印加或埃及一样，从小使用夹板使得人的脸部和头部变形。这是一种人为的神话现象，相信在战场上，敌人看到这样的怪物，肯定会闻风丧胆。

面具最主要的功能是神祇象征，面具的样子基本符合神祇的象征，也就是说，鲁殇王一部至少是信奉狐狸图腾的。历史上好像只有藏族的一支也信奉狐狸，这十分奇特。

那具狐狸脸的干尸，身前应该就是长这样，变成尸体了都那么恶心，活着的时候，估计真的是人见人怕这是我找人复原的图，但是看起来不像

我无法查到任何关于这种植物的资料，非正规资料有一些，关于能够消化动物组织的树或其他大型植物。有一种学名叫作食人树（CARNIVOROUS TREES）。

在国外的传说中，类似九头蛇柏的树被称为“章鱼树”，它能缠绕靠近的猎物并杀死消化它，这种树往往被当地人称呼为“恶魔之树”。德国探险家在考察日记中最后分析，这种树攻击动物的方式源于传播种子的本能，好比苍耳会粘在动物的皮毛上一样，这种树会缠绕并杀死一切靠近它的东西。

我认为如果这种树真的存在，它很可能就是九头蛇柏。这种树的生态特征很可能是这样的，杀死动物，借由腐烂的动物来吸引昆虫，传播授粉。尸鳖被树上的尸体吸引，聚集在蛇柏周围。从我的经验来看，蛇柏并不能杀死猎物，猎物的死亡往往是尸鳖造成的，这是一种很巧妙的共生关系。同时尸鳖的粪便又是极好的养料，比腐烂的尸体更加细腻，适合植物的生长。

这种共生关系同样存在于很多动植物中间，不过在这里，我觉得这种关系可能是有人设计好的。好比有人设计的水稻田养鱼一样，这是一种农业社会的智慧。

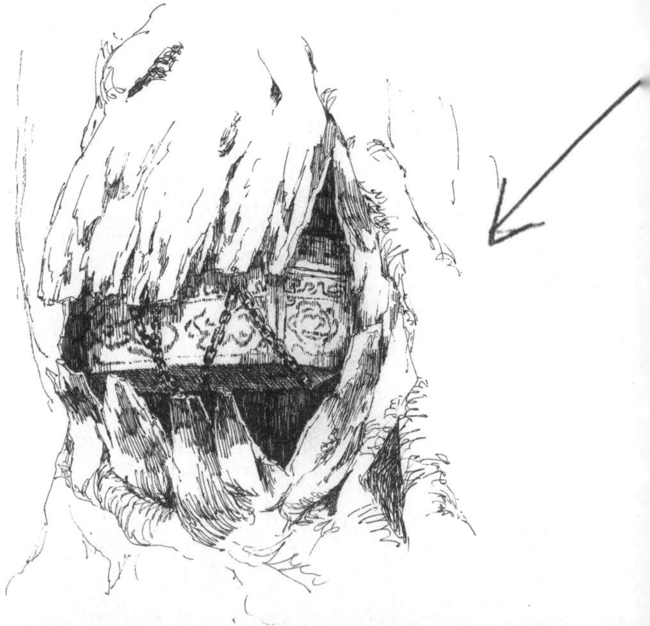

在国外的传说中，类似九头蛇柏的树被称为“章鱼树”，它能缠绕靠近的猎物并杀死消化它，这种树往往被当地人称呼为“恶魔之树”。德国探险家在考察日记中最后分析，这种树攻击动物的方式源于传播种子的本能，好比苍耳会粘在动物的皮毛上一样，这种树会缠绕并杀死一切靠近它的东西

禁婆的传说普遍存在于南方，从云南到海南的渔民之间，禁婆一直是传说中经常出现的概念。

在海南的渔民之间，禁婆是一种疾病、灾难的象征，而禁婆形象往往是大肚子，潮湿。这和海啸过后海滩上出现的大量浮水尸很像。而大量尸体的聚集容易产生瘟疫，所以，我推测禁婆的产生可能来自几千年来渔民把浮水尸和灾难的印象加工而得的产物，当时的人们不明白死人、灾难和疾病的关系，于是就虚构了禁婆这个神祇形象。

我们进入墓道后遇到的那个全是头发的怪物禁婆，完全就像是在水里泡了很长时间的尸体，就是它搞得我现在只要看到很多头发的女人心里就发毛。

海猴子

在沿海地带经常听到的传说中的生物，据说在广西的水库清理的时候还真发现过。在长沙，水猴子被称为露首鬼，在桂林叫作水狮鬼。

这种传说中的生物和其他生物不同的是，它的传说几乎所有的地方都有，这就很耐人寻味，也许是因为人类对于水下未知的恐怖，这种动物在老人的嘴巴里几乎存在于所有有水的地方，水井，甚至水缸。

所有的传说细节都不相同，但是有一点是相同的，就是这种东西是人形的，在水中力大无穷。不过，说实话，在我脑海里的想象，远没有我看到的那东西恐怖。

小时候我听一个沿海的同学说过，他们村里有一个渔户有一次打到一只奇怪的东西，长得像个人，但是满身都是鳞片，拉回村里一看，没人知道是什么。后来他们叫来村里一个上了岁数的老头子，这老头儿一看，吓得几乎背过气去，大叫："快把它放了！这是只海猴子，等一下其他海猴子找上来，要出大事情！"

几乎世界上所有的文明，都提到过人面鸟，包括很多的宗教和神话中都有这种生物的出现。特别是中国和印度历史尤甚，这不是因为中国受到佛教的影响很深造成的。仔细观察可以发现，在中国的黄帝传说中，已经有人面鸟身的九天玄女出现，之后两汉之间佛教才开始传入中国，到魏晋南北朝，佛教才开始发展，所以佛教中的“妙音鸟”迦陵频伽应该不会是中国神话传说中九天玄女的原型。（虽然《山海经》中有大量对人面鸟的记载，但是《山海经》后几卷据传都为后世伪作，所以这里我不作采信。）

现存中国最早的人面鸟的形象，是在内蒙古老哈河北沙漠腹地毛瑙海山“红山文化”遗址发现的，属于新石器时代。考古人员认为这是一种古代鸱枭，现在已经灭绝的酷似人面的鸟类。

在古代，内蒙古远离中原文化，属于北侉之地，但是靠近东北。不知道我们在长白山底所见的，是否就是这种鸱枭。

各处文明的人面鸟形象都大同小异

在大量的传说中，人面鸟都担任着一些类似于“福音”传播者的角色，无论是九天玄女授予黄帝战书，还是迦陵频伽传播佛家妙音，都带着将上天的文化向大地民众传播的感觉。而比较奇怪的是，中国还有凡人的人面鸟形象，比如说神医扁鹊就是人面鸟身的。后来我发现，这其实是一个概念的混淆。

扁鹊其实有很多，在春秋时代，名医一律被称呼为扁鹊，真正的名医扁鹊为轩辕时代神话中的人物，和黄帝属于同一系，所以我很怀疑人面鸟身的扁鹊是否就是

这种人面鸟身的神灵，在各地各民族的神话传说中都出现过，我相信应该和我们在云顶天宫中看到的那种怪鸟是同一种生物。
我后来查过，知道这种神灵在古埃及被称呼为ba，代表人不朽的灵魂，也就是说如果你在古埃及，那么他们的鬼都是这德行的。在印度就规范一点，这种神被叫做“迦陵频伽”，传说是雪山上的神鸟，为佛祖的极乐世界歌唱。
在中国，这种鸟就比前两位更加有名气，人面鸟身，那就是中国的“九天玄女娘娘”，据知在《云笈七籤·九天玄女传》之中有记载，给黄帝送来内含奇门遁甲的天篆文册《龙甲神章》的，就是这位主九天玄女同一类的生物。

在中国神话中如此普及的形象，很难不让人产生联想，如果基于现实去考虑，我感觉是否有一种我们未发现的古代文明，驯养了这种人面鸟身的鸱枭，并且对其进行了训练，让鸱枭在他们的战争过程中发挥传递情报等作用。

而因为在部落战争中，这种鸱枭频频出现，作为一方势力，可能运输了大量情报和药品，使得其他不知情部落者误以为这是一种神祇。

这种神秘的古代文明，显然非常的低调，或者因为其神秘主义的性格，使得留存于世上的资料全部湮灭。那长白山下的青铜巨门可能是他们为数不多的遗存，而他们训练的人面鸟，也在文明灭绝后走向灭绝，只留下少数的幸存者还在地底守护着他们主人最后的痕迹。

听起来有点扯淡，但是我感觉挺有道理。而且，使用鸱枭来传播信息，让我想起了欧洲中世纪的巫婆形象，那里的巫婆都有一只鸱枭宠物。这有点好玩，难道那青铜巨门的后面，会是霍格沃茨的魔法世界？

这是一具让人浮想联翩的尸体，不光是其诡异的蜘蛛一样的多手，我不知道这是一种罕见的畸形还是什么病变，但是这些手看上去非常灵活和有力，至少不会是妨碍生活质量的病变。当然我无法去想象控制这么多手会是什么感觉，但是很显然，如果是生活在山脊峭壁中，这种畸形会使得人的活动如鱼得水。

这是一种进化，还是人为的一种选择？比如说，在万奴王的氏族里，地位是背后的手的数量决定的，只有两只手的人是比较低等的，随着手的数量增多，也就是畸形的程度越严重，人的地位会越高。所以氏族里的人，都希望自己的孩子能和手更多的人结合，而手越多的人，地位越高，所得的妻妾也就越多。

好比非洲部落里，有些土著人崇拜白化病一般，白化病人在部落里受到神一样的待遇，他们力求使白化病人通婚而获得全白皮肤的“神”，所以当他们看到神一样的白人出现的时候，一下就屈服了，几乎不敢反抗。

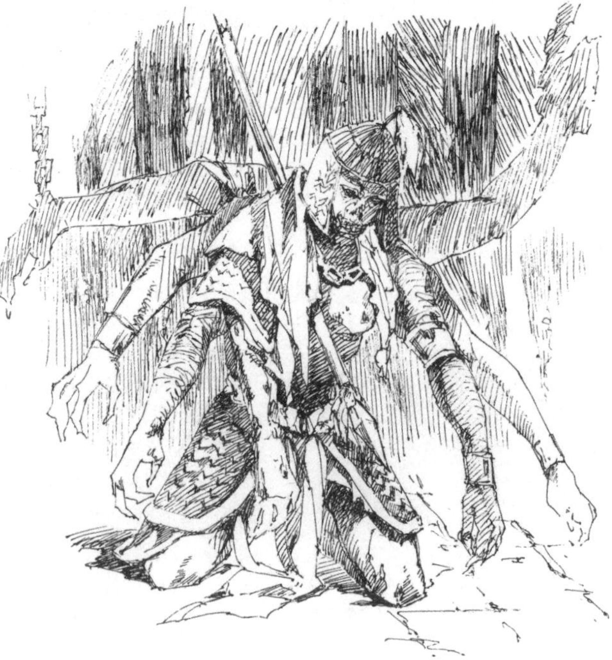

这具男尸竟然长着十二只手，呈环形排列在身后，而且十二只手都在扭动，就像庙中的千手观音一样。

我马上想起在海底墓穴中看到的十二手蜡尸，不由得惊讶万分，难道东夏的皇族不是人？这具十二手男尸就是万奴王

以这东西的身高，我真的很难想象他当年是怎么战死的。如果当时蒙古人和这个巨人直接对垒，那种和三头六臂的巨人对抗，完全就是神话中的情节。想象在雪域中的画面，那应该是一番持续极久的恶战

铜钱手链

六角铜铃

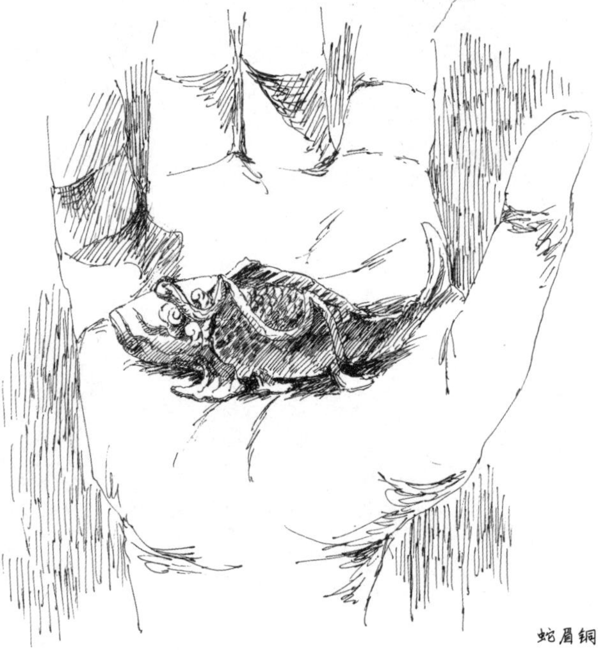

蛇眉铜鱼

黑金古刀

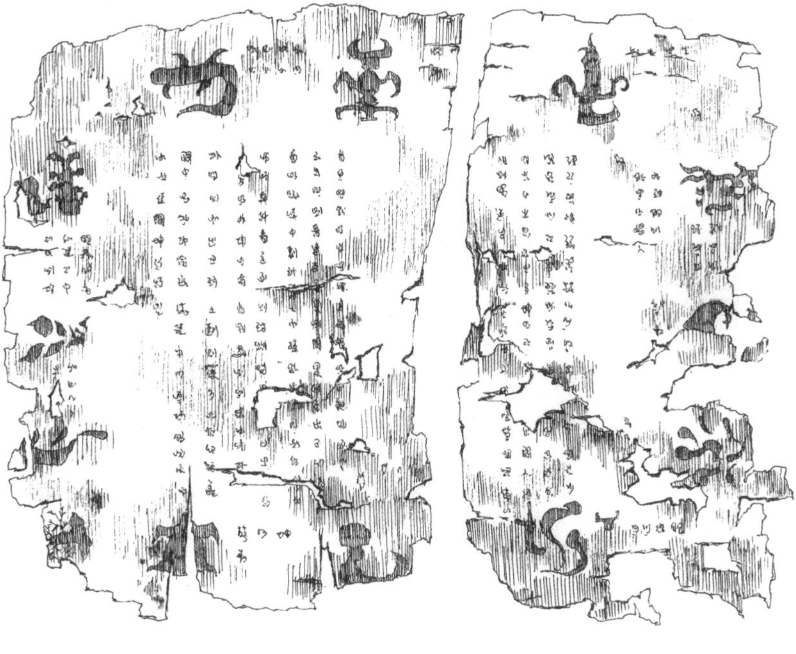

战国帛书

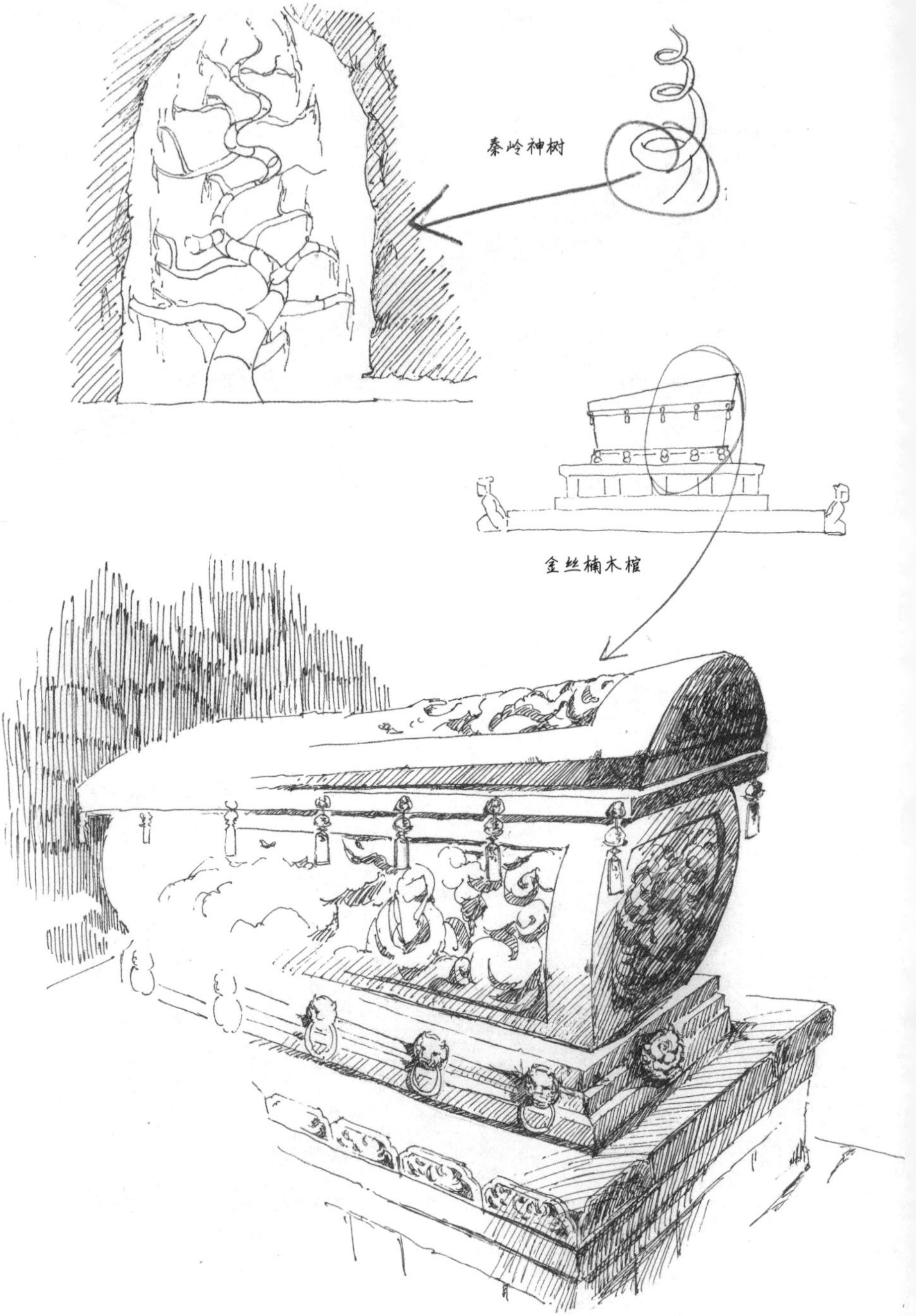
秦岭神树
金丝楠木棺

玉俑

一切如斯，在莲花的层层花瓣之后，
我总是看到所有的一切如旧摆在那里。
我也许进了一步，然而终究也进得不多，
这一切似乎是无尽，又似乎是一个轮回。

第六卷

无尽的旅途

关于第一次的旅行

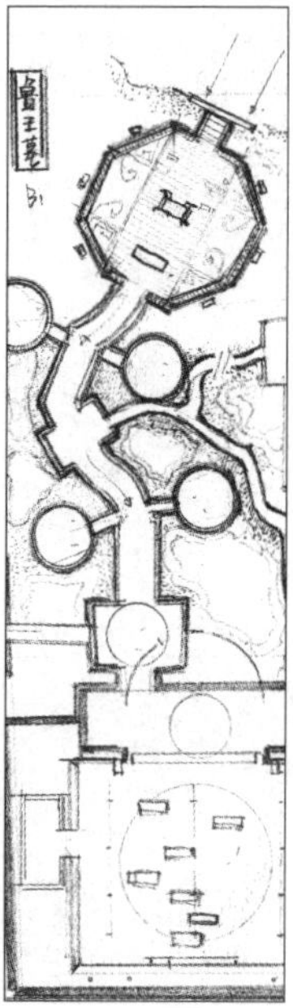

现在看看，我也走过了不少地方，从山东到海南，再到陕西，又到东北，现在又到了中国的大西北，一路过来都是马不停蹄，少有能真正静下心来领略风土人情的时候。不过让我欣慰的是，沿途我拍了不少照片，画了不少涂鸦，现在看起来，有些还能让人想象出当时看到时候的心情。

从杭州到山东瓜子庙的行程是我全权策划的，为此我损失了一万多块钱，当时我的想法是这是学费，对于要下古墓的这种预判让我完全没有了平时的精明，直到我拿到了购物的账单，我才发现，我其实是被我三叔算计了。

瓜子庙

瓜子庙之所以得名为瓜子庙，有两种说法。

第一是当地传说，古时候一位大将凯旋，缴获了很多珍宝，到了这个地方发生了马瘟，很多马死了，那些珍宝没有办法带走，于是那位大将便开窑熔金，把那些宝贝都铸成金瓜子形状并抛入当地的河水中，并下令不得捞取，只要在世面上看到一颗金瓜子，就杀灭全村。

因为这位大将战绩过人，威信极高，果然金瓜子撒入河中之后没有一个人敢去打捞，这些金瓜子逐渐被河沙掩埋。一直到了改朝换代，听说了这个传说的人陆续赶来打捞金瓜子。为了震慑这些贪婪的人，当地的村民在河的附近修建了一个将军的雕像，果然震慑了那些乱民。后来为了纪念这件事情，他们在将军的雕像上修建了一座庙宇，就叫作瓜子庙。

这座庙早已经荡然无存，不过瓜子庙却流传了下来。

第二种说法却截然相反，据说这里的河流里产过金沙，金沙很多都是瓜子的形状，所以很多人慕名而来，在这里聚集起来捞金沙。很多人后来就定居了下来，在这里修了祠堂庙宇。一代一代繁华起来之后，大家因为很久以前金瓜子的来由，把这里称为瓜子庙。

据我考证，第一个传说中的大将，极有可能是伍子胥。但是相同的民间传说在江苏溧阳非常有名，为何类似的传说会出现在山东就不可考。根据一般的推测，这边的移民可能有相当一部分来自江苏，所以将江苏的民间传说带到了山东。

瓜子庙的名字来源于当地传说，这座庙早已经荡然无存，不过瓜子庙却流传了下来

战国帛书译出的地形图

翻译战国帛书的关键是拆字，把一个字拆成一个矩阵，所有的细节形成一个庞大的矩阵，而且矩阵还分维度，寻其中合适的点，这些符号代表着他们相连之后的线条的意义。这一套符号体系十分复杂，不过在现在的计算机程序下，可以在很短的时间内将图复原。

这种方式后来被广泛用于“样式雷”的设计中，不知道是否也是从战国帛书中得到的灵感。

七星鲁王宫平面图

按照我的分析，瓜子庙一带可能有一个古墓群，尸洞明显是一个被打通的山洞。这座山中的空洞不知道是如何产生的，但是两边的通路一定是当时鲁殇王盗墓时候开凿的盗洞。我们不知道山脉中地下水系的流向，但是按照现状分析，水盗洞将溪涧中的水引过了这座大山，很可能是为了方便用水路运出古墓中的陪葬品。

七星鲁王宫，由陪葬的祭祀墓地到达真正的古墓所在，大概有一公里长的墓道，墓道相连的那些错综复杂的嵌道，最后都会到达蛇柏所在的地宫，真正的棺椁被埋在刨开的大树之内。这棵树肯定是很久以前古人栽种在这里的，这样的直径说明，它少说也有千年的树龄。

西周的古墓大多结构较小，因为国力的关系，真正的堡垒式的古墓，只有少数帝王可以享用。这座古墓结构也不算雄伟，仔细剖析，发现应该是由三座古墓连接而成，祭祀墓为陪葬陵，七星棺处为疑冢，而嵌道所到的巨大山洞是为真正的墓室。

那么，那些嵌道是用来做什么的呢？看嵌道的损毁程度应该是在古墓修建同期建造的，如果是工匠用以逃生的暗道，这些嵌道未免太过于复杂了。

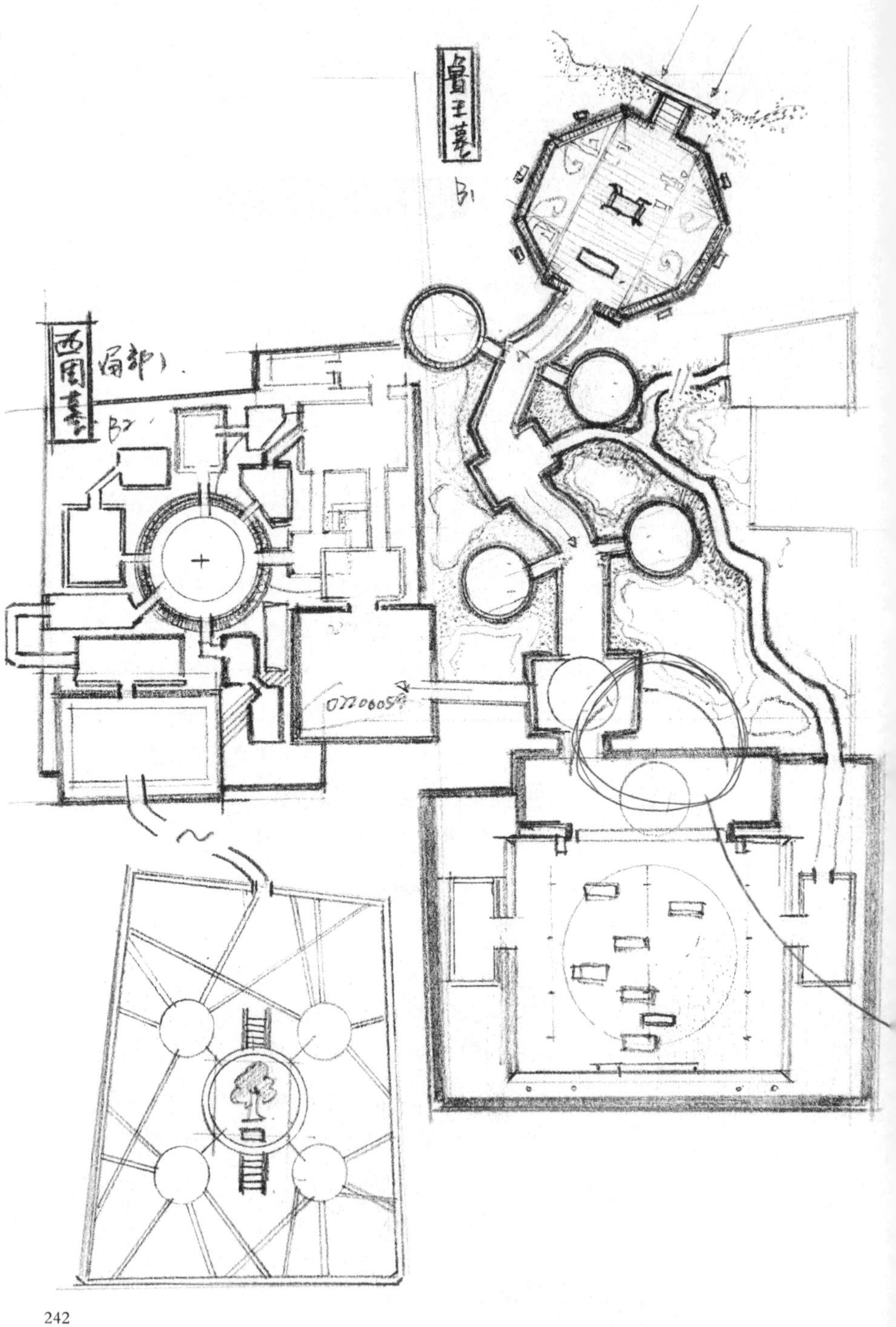

鲁王墓
B1
西周墓
局部1
B2

如果是防止外人进入古墓的迷宫，我觉得毁掉入口更加地方便快捷。

在“地书”上记载的一些文字告诉我们，这些暗道之间有术数的排列关系，显然嵌道的修建古人煞费苦心。这让我更加百思不得其解，后来和二叔讨论了一下，才茅塞顿开。

以前我一直考虑在古墓中这些嵌道的用处应该是防范外界的侵入，但是事实上最简单的保护办法是封闭嵌道，这就是一种矛盾，显然思考方向错了。仔细反向思考一下，我们会发现，有着九头蛇柏的山洞，也许并不是古墓，更像一个宗教场所。

齐鲁多方士，方士有很多秘密的修道和聚会场所，甚至君王都有秘修之地。在当时，方士往往带着教派和政治的背景，比如说墨家也是信奉鬼神说的，但是墨家弟子就有严明的组织性，俨如现在的邪教。后来张角兴兵也是用方士的名义。

西周的古墓大多结构较小，因为国力的关系，真正的堡垒式的古墓，只有少数帝王可以享用。这座古墓结构也不算雄伟，仔细剖析，发现应该是由三座古墓连接而成，祭祀墓为陪葬陵，七星棺处为疑冢，而嵌道所到的巨大山洞是为真正的墓室

因为古人看到方士在山中出入，行踪诡秘，之后以讹传讹，所以山东的仙人传说很多，修仙之风才会愈演愈烈。这个山洞可能就是如此。

我希望能从山东以前的一些传说中得到一点蛛丝马迹。查阅了山东的很多县志后，发现确实有很多的切合点，但是都非常的晦涩和不确定，当时的传说到这里大多只能去猜测了。

最奇特的是，在作为主墓的那个岩洞里，还有一棵被他称为九头蛇柏的巨树，而一具几乎皮包骨头的青年男尸穿着一件黑色的金缕玉衣，在那巨树之下的玉床上打坐

沉船打捞

王盟发来邮件，说收到了2003年的古玩拍卖年鉴。这鬼东西每年都会被寄过来，我到现在都不知道是谁寄给我们的，反正上面的东西没有一件是我们小老百姓玩的。看了新闻，美国人送了一支滑板上了火星，NASA的老头子们互相庆祝，我就安慰自己：想想他们连火星都上去了，我去海底找个人总不至于那么困难。阿宁告诉我的事情，我并没有完全听清楚。我对于他们公司并不了解，稍微搜索了一下，发现他们公司确实存在，Logo是柔化的三角珊瑚。这种有企业AI设计的公司都不会太小，至少我应该可以相信他们的专业性。这种这么大规模的打捞公司在海外也并不多见，因为一般海底打捞项目都是国有项目，其中牵扯到了大量的机密和财富，所以各

国政府都不太会放手，让私有企业去进行这种有传奇色彩的商业活动。最典型的就是国内“阿波丸”号的日本沉船打捞计划，因为其中传说运有北京人的头骨，所以当时无数的国外打捞公司都提出免费援助，中方都拒绝了。

现在国际上还有争论，就是为什么当年美国人要击沉这艘船。当时的目击报告显示，这种巨船当时在大雾中以极速航行，似乎急于赶到目的地。很多阴谋论都认为船上除了北京人的头骨外，肯定还运有其他的东西，这件东西使得美国人不得不撕毁协议击沉日本的民用船只。

历史是充满谜的，所以没有人能知道那些沉在海底的废墟中，

我跟她进了船舱。里面放满了东西，一堆一堆的，几乎连站的地方都没有，看来他们准备得十分仓促，所有物资都还没来得及搬进货舱，就胡乱地扔在入口处。我边走边观察，发现主要是潜水设备、大型仪器、食物和绳子，其中氧气瓶占了大多数

会有着什么秘密。自然，让那些秘密在自己的控制之下，总比暴露给那些唯利是图的寻宝者要好。

不过，虽然所有的国家，对于打捞项目都有严格的审查。但是实际上这种监管是很无力的，所谓山高皇帝远，在远海，打捞基本上是无法监管的。

国内外一些有名的沉船打捞事迹："阿波丸"号，日本邮轮，装载 40 吨黄金、12 吨白银、40 箱珠宝和日本人从中国搜掠来的大量文物、3000 吨锡锭、3000 吨橡胶以及数千吨大米，于 1945 年 3 月 28 日被美国潜水艇在福建海域击沉，后于 1977 年 ~1980 年开始打捞。当时打捞上来的物品，总价值达 5000 万美元（1980 年的 5000 万美元！）。

"歌德马尔森"号，中国商船，从广州出发驶往荷兰首都阿姆斯特丹。于 1752 年，在香港海域沉没。1986 年，海底大盗迈克·哈彻从船上打捞上来青花瓷器 23.9 万件，每块重达 45 公斤的金锭 125 块，价值 2000 多万美元。

“泰星”号，中国商船，在中国南海被发现，同样是迈克·哈彻，从船上打捞上来100多万件瓷器，其中60万件因为成色普通和无法运送被他砸碎，剩下的部分在德国拍得3000多万美元。

“阿托卡夫人”号，西班牙殖民船，1622年在哈瓦那海域沉没，1985年被寻宝人费雪发现，其中打捞上8吨黄金，500公斤宝石！所有出水文物价值4亿美元，不过，为此费雪放弃整个公司的运营，当时寻宝已经成了他人生中唯一值得追寻的东西，我觉得他的这种心态和现在的三叔很像。

因为船的载货量巨大，所以又有“一船十墓”的说法，有些大型商船上面运载的瓷器数量巨多，而漫漫岁月中，在海上丝绸之路上沉没的巨船数量又远远超出人们的想象，这些巨大的宝藏还远未开启。

不过，阿宁的公司，我在网络上只能看到一个简单的页面，没有过多的信息，这个公司似乎并没有太过高调地做一些项目，我对于国外古玩的这一套并不了解，只能告诉自己小心行事。

西沙群岛

我们的目的地是碗礁。

我查过一些资料，所谓的碗礁在中国有好多个，渤海湾、东海、南海都有。称呼为碗礁的主要原因很形象，就是渔民经常在这些礁石附近捞到瓷碗。这是因为大部分的碗礁都是暗礁，且位于海上航线的要道，所以古代沉船多集中在附近，散布了大量沉船物资。由此我发现古代礁石的称呼，值得好好研究。

我之前唯一听说过的中国比较有名的海洋考察就是碗礁一号，这一次我们的目的地显然会和这个过程很类似。

清澜湾

我已经从青澜港出发，船上一点娱乐也没有，除了看海只有听收音机。

我昨天又重新想了一遍那女人和我说的话，感觉这后面的事情有点不对劲，我告诉自己有机会还要多想想。但是不知道为什么我有点没法集中注意力。

也许是船抖得太厉害了，我坐船的机会实在不多，能不晕进船舱里已经让几个渔夫刮目相看了。

海底古墓

海葬是一种沿海民族特有的殓葬方式，不过和维京人的远海海葬不同，这里的海底古墓，只是陆地殓葬向海底变种的一种特殊方式。其实只是把古墓葬到海底而已。

历史上，传说使用水底古墓殓葬的人有不少，比较出名的有锦溪陈妃水冢、沈万三银子浜水底墓。我最感兴趣的，其实是曹操，他的七十二疑冢中，就有一处传说是被发现在许昌清獚河中。

几个传说，前两者还有迹可循，后者，只有在蒲松龄的《聊斋志异》里才能窥得一些蛛丝马迹。不过读了之后，我觉得有那么一些根据，因为其所言的东西，我听来不像是当时的人能杜撰出来的。

《聊斋志异》中的曹操墓穴很有传奇性，大概是有人在悬崖边河中游泳，突然水中的人好像被刀砍了一样，断成两段，尸体浮出水面。后面又有人接连如此，他们感觉河底有蹊跷，就断流查看，看到河边的悬崖，淹没水下的部分原来有一个深洞，洞口有一个插满刀的转轮，里面是曹操墓云。

我见过很多古墓中的奇异机关，知道这样的机关对于古人来说完全不难，难的是让转轮旋转的动力，这恐怕就是这个古墓会建在水底的原因。要设计一些能长时间使用的机关，那么必须要有源源不断的动力，河流为之一，而汪藏海想得更远，他使用了海底的海流和潮汐。

不过，这个传说也有破绽，我就很怀疑，是什么使得千年的刀刃锋利如初，水底的环境十分不适合金属保存，除非，这些部件都是黄金的。这却也不是不可能。

另一个破绽是，把古墓的口子通过某些手段封闭起来，显然要比装置一个机关合理得多。试想，如果当时游泳的人没事，那么这个古墓也就不会被发现，而你做一个转轮，总有偶然伤人的一天，到时必然会有人潜下去看个究竟。能制作这种机关的能工巧匠应该能想到这一点，为什么还会犯这种错误？

我看其中恐怕另有隐情。中原发展是以水土流失为代价的，曹操时代的清猗河应该水量更大，古墓应该是在水下很深的位置，到了蒲松龄的时代，水位下降了很多，才使得河底的古墓得以能以人力潜入。这些浮尸恐怕是当时探墓的同行，被机关所暗算，又或起了杀人夺财的心，最后才使得古墓暴露。

说实话，这个资料给了我很多启发，我一直在想汪藏海的海底墓穴是怎么建造的，因为在有水的环境下，在当时的人力物力下，除了沉船墓，其他方式几乎是不可能的。但是这个资料让我灵机一动。

是否有这样一种可能，汪藏海是不是在海底区域内筑坝，形成一个环岛，接着排出海水，做成一个大概的旱地，在其中挖一个巨大的坑，然后放水驶入墓船，再次抽出海水，使得墓船随着水位的降低，缓缓沉入坑中，最后毁坝使得海水回灌。

从平面图看，这个海底墓穴的结构非常复杂，如果不是这种方式，那么它沉入海底的过程必须精确到使用微积分来计算，这恐怕有点不可能了。我想，既然古人可以截停一条河，为何不能在海底修建环岛呢？

回去查了查课本发现，这里有一个问题，就是古人无法处理渗水的问题，海底的海沙透水太好，建造这种水坝使用的人力物力要比沉船还要多好几倍。我请教我以前的老教授，他仔细想了一下，说关键应该在那些巨大的石锚上。石锚分布在四周宽广的海域里，肯定是在做现在斜拉锁一样的结构，在整个船沉入海底的过程中，无数的石锚起到了调节平衡的作用。

我有时候不禁遐想，这种古代的航空母舰，到底倾尽了多少古人的心血和结晶，如果当时这种技术不为皇家专用或者专秘在某几个杰出工匠手中，能流传到民间，那么中国可能会成为一个跨海洋的帝国。在当时若有这种军舰楼船，楼船火炮沿岸支援，里面的士兵蜂拥而出，谁能挡得住

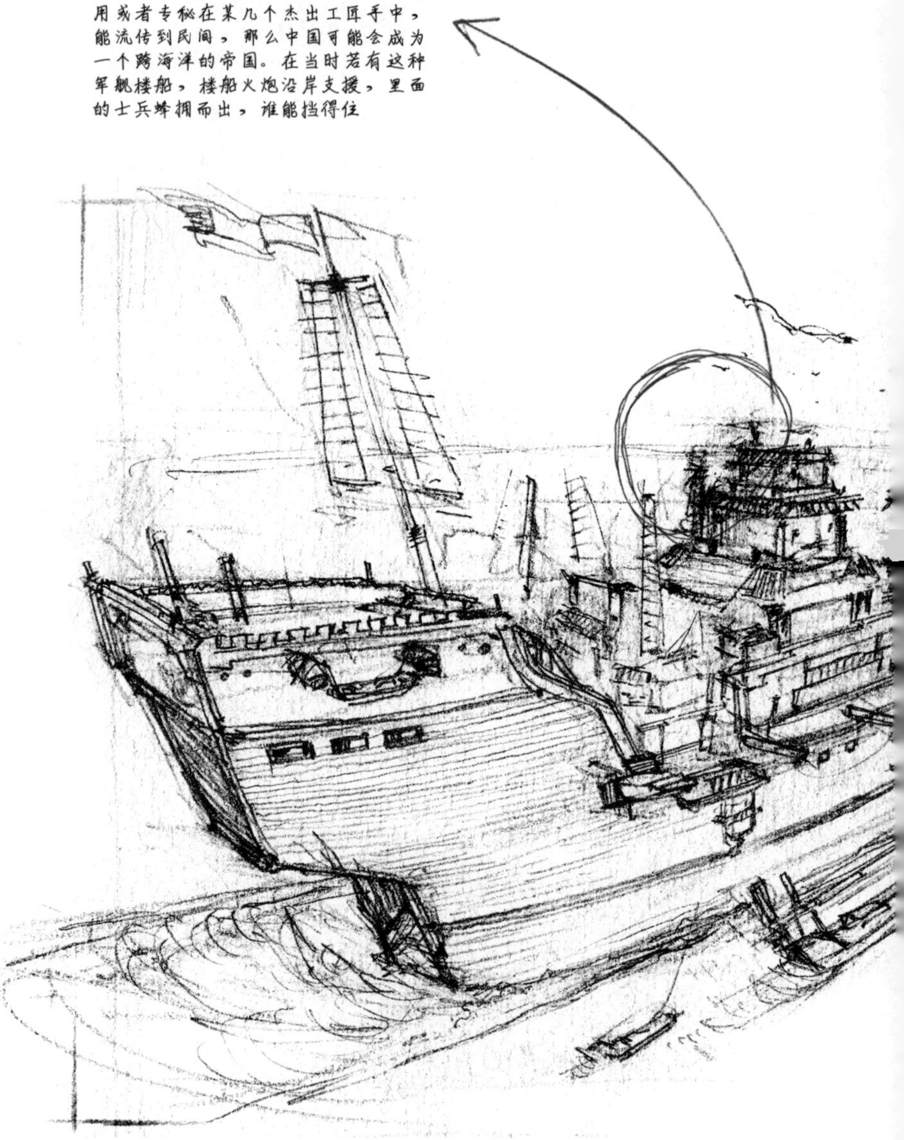

楼船想象图

后来和胖子讨论了一些关于楼船的结构。这个楼船真的是非常巨大，我们画了好些草图，都感觉在整体构造上会有问题。这么大的一艘船，要航行起来实在是不太可能。所以，我们感觉这艘船作为一个巨大的坟墓的作用反倒比作为一艘船要重要得多。

如此巨大的木船，本身最大的问题是龙骨，世界上没有那么大的树木可以做其龙骨，它的龙骨必须是由木料切割而成的。那么，此结构就非常耐人寻味。这艘船是否有如此巨大，还是比这个稍微小一点，还是完全不是这个形状，需要海底声呐来探测。

我问了几个船舶工程师，他们都觉得我说得太夸张了。不过有一个人告诉我，也不是完全不可能，因为这可能只是外观看上去是一艘船，其实是好几艘船拼接起来的。而因为这船并不是用来使用的，它只要在风平浪静的时候能够开到海葬地点上方就可以了。说得难听点，这就是一个巨大的浮筒。

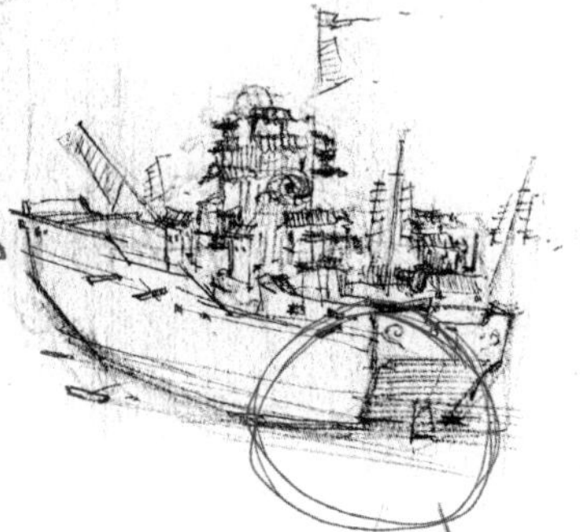

我有时候不禁遐想，这种古代的航空母舰，到底倾尽了多少古人的心血和结晶，如果当时这种技术不为皇家专用或者专秘在某几个杰出工匠手中，能流传到民间，那么中国可能会成为一个跨海洋的帝国。在当时若有这种军舰楼船，楼船火炮沿岸支援，里面的士兵蜂拥而出，谁能挡得住？

可惜，大明的巨舰，最后成了造舰人的坟墓。这不知道是一种讽刺，还是一种悲哀。

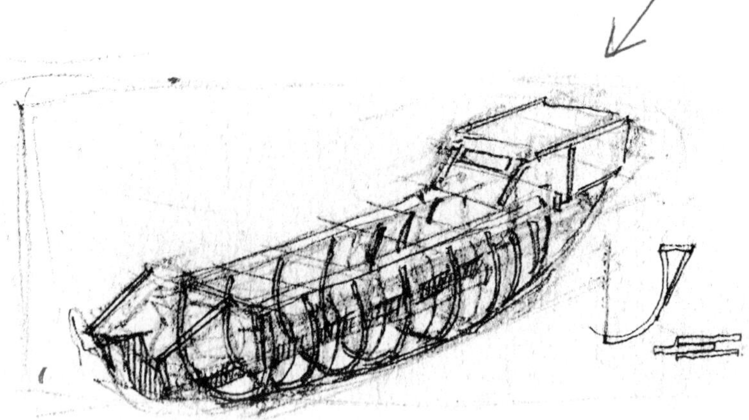

笔记与西沙考古名单

在鬼船上发现的笔记有待继续研究，三叔有做笔记的习惯，而且做事情也很认真，但是笔记的内容看到后来，我发现严谨得过分，这些笔记很可能是三叔在文锦的监督下记下的。

笔记内容重抄：

海底考古区域分布图：

一共为七个区域，瓷器散布在大概 3000 平方米的区域内，沉船位于中心的礁石左侧 30 米处。

日期一

在这样的海底条件下，传统的田野考古的办法完全不可用，我们只有使用自己的方法。海洋和大地虽然环境截然不同，但是使用的办法还是殊途同归。现在不确定海底埋的东西的具体形状和大小，第一步应该是使用洛阳铲，先把大概的勘探区域确定下来。

海底不比陆地，具体使用的效果还不清楚，不过我感觉问题应该不是很大。

前期打捞上来的瓷器，确定时期为永乐，这是个鼓舞人心的消息。这一批瓷器，按照沉船的位置，我们估计来自景德镇的官窑，样式以青花带金彩为主，部分埋在海沙深处，保存完好。看这批瓷器的样式，应该是运往马尼拉，最后到达墨西哥。如果判断正确，那么这艘沉船上运输的最大宗的货物应该是丝绸。可惜，在海水中我们基本没有希望能够看到保存至今的丝织品痕迹。

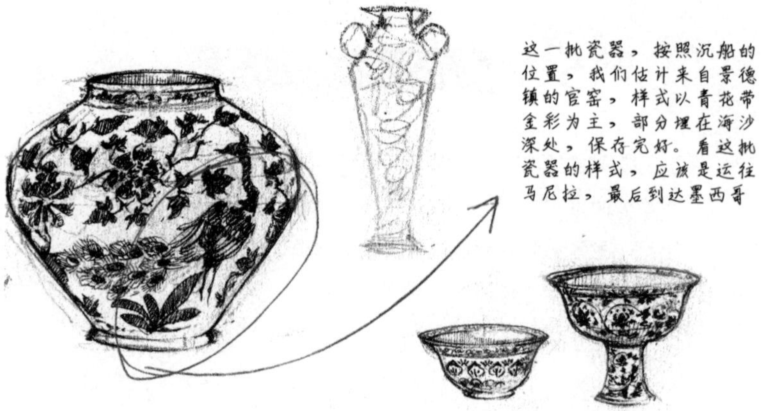

日期二

洛阳铲的使用初期遇到了一些问题，在水下作业需要更大的力气，原来配备的木槌无法使用，我们只得使用水下的岩石。牡蛎很锋利，很多人的手都受了伤。

在水下使用洛阳铲，在水不是特别深的地方，建议在船上作业，船上两人水下一人，这样效率更高；在水深的地方，建议机械作业。因为水下的关系，洛阳铲主要的作用在于判断海底海沙之下的地质成分，定出“问题区域”的边界可以使得考察工作更有效地进行，所以其实完全可以使用改装的地质钻头。

我们只需要确定钻头带回的样本的大概成分就可以，海底下如果有沉船，就会有钙化或者珊瑚化的木头成分。和陆地不同，我们不需要根据木头的情况来判断沉船的年代。现在这阶段，国内还没有人力物力可以整体保护或者开掘沉船遗迹。

另外，很让人意外，勘探出来的形状完全不是船形，而是土字形。海底埋了一个土字形的坚硬物体，大小惊人。在这远离近海的地方，在海底应该不会发现地基，那么，这些海沙下面埋的庞然大物是什么呢？我们暂时都不敢下定论，不过我有一种预感，如果真如我所料，事情就好玩了。

日期三

考古队配备的区域条带在海水环境下基本不能发挥作用，布条太宽，在海水的涌动下会把固定在海底的标志杆从海沙中扯出，最后还是使用了渔船上的锚绳。以后的海洋考察，应该配备专业的用于水下作业的标志带。锚绳因为吸水，在水下重量很大，不易被水波带动，可以使用锚绳类似的材质，涂以显眼的颜色，以便在船上也能更好地观测水底。

通过标带最后确定的形状，我基本能确定，这应该是一座巨大的海葬古墓，其规模完全不可推测，且在离近海如此远的地方，这会是谁的墓？

日期四

从海底取样回来的木板中，发现了渔网和灰泥混合的浆土的痕迹，这是渔船用来封船缝和修补船体裂缝的黏合剂。如此说来，古墓有可能做过密封措施，那么很可能水下的古墓中，局部还存有空气。而最有可能存有空气的位置，在A和B两点，这两个配室相对较小，而且空间相对独立。

现在最大的问题是，如何在水压环境下，进入到古墓中而不破坏气闭环境，传统意义上要实现这样的功能，需要一个气密仓，也许我们必须凿沉一艘船，为此必须做船老大的工作。

日期五

7月21日，我们准备第一次进海底墓穴，入口我已找到，想通之后，这个古墓并不复杂。

7月24日，我们进去了一次，在里面发现了一个奇怪的现象，看样子，这古墓也不“干净”。

鱼在我这里

这张照片里到底藏着多少玄机

海底墓中的壁画

阿宁在海底墓穴中拍摄的关于天宫的 15 张壁画照片中的一些。

壁画 1：很多东夏勇士正背着弓箭，攀爬在一道悬崖峭壁上，而背景就是无数类似于锁链的东西，显然描绘的就是东夏人探索那巨型地下裂谷时候的情形。这个场景我感同身受，因为之后不久，我几乎经历了同样的事情，只不过手里的弓箭换成了机关枪。

壁画 2：很多东夏勇士搭弓射箭的情形，似乎有一场惨烈的战斗，但是壁画上又看不到敌人，不知道他们在和什么搏斗。

壁画 3：很多恶鬼从石头中钻出的情形。以之前写实的风格来说，这个情形不可能是象征，或者隐喻，这就是真实的，我怀疑这些恶鬼就是那些人口中的猴子。只不过这些猴子在壁画中被加工成恶鬼了。

壁画 4：画着攀登雪山的情形。我不知道这里是哪个山口，但是这肯定是我们所不知道的到达这里的捷径。

二道白河

我现在正在开往二道白河的火车上，车外是掠过的高粱地，同车厢的人都已经睡去，而我辗转难眠。若干年前，我去过长白山一次，那是我年幼的时候，当时完全想不到我会以这种心情、这种方式再次前往。也没有想到有一天，我入睡前必须写点什么，才能平静下来。

看着路边已经收割完备，积雪还未完全融化的景象，我不由想起了上一次长白山之旅的感受。

当年的长白山之旅，回想起来，本身也有一丝奇异，我依稀记得当时家中似乎有什么风波，我的父亲和爷爷大吵了一架。

我父亲是一个温润如玉，或者说善于隐忍的人，他从来没有和爷爷发生过冲突，所以这一次吵架，让我感觉很不寻常。但我当时年纪实在太小，他们争吵的内容我一点印象也没有。

之后，我父亲就突然决定来长白山旅游，那一年我看到了雪山上的情形，那皑皑白雪和无垠的山谷和影画中的如出一辙。

我现在想想，觉得有点惊疑，为何我对于当时的雪景有着如此深刻的印象，直到现在还能一眼将其和影画联系起来？当年的旅途，我的记忆已经模糊得只剩下一个大概，但是为什么我唯独能记住那一座雪山呢？

也许是因为那山在当地有着特殊的象征，或是因为别的什么？

我实在想不起来，也不愿细想。

上午早些时候，我和胖子聊了一些女人和明器之外的问题。

我一直认为胖子是个深藏不露的人，事实证明我判断得不错，和他讨论一些问题，就会发现他并不是不懂，而是思考得更加直接。

我认识的人不少，三教九流，

什么人都有，知道有一种人，是活在最简单最实用的真理上，胖子无疑就是这种人。你如果有心去呛他，他能直接说出你无法反驳的话。当然我不知道这些是源于他的智慧还是本能。或者说，圣人和愚者的道理，原本就是相同的，不同的是圣人用这种道理来利人，而愚者利己。

从建筑学上分析云顶天宫

我最感兴趣的是，汪藏海是如何修建这一层冰壳的。这里其实有一个建筑学悖论，如果先修建冰壳，那么这等于是空中楼阁。没有任何支柱的情况下，这种穹顶冰壳我实在想不出用什么办法可以完成这个弧度而不坍塌。如果是先卡住这些桩木，却发现这些桩木在两端只是依靠冰来固定。那么光用冰是不可能将如此巨大的木桩固定住的。

想来想去，其实只有一个可能性，就是这里原本是块大冰川，汪藏海先用工匠在冰川中挖掘隧道，将桩木插入隧道后灌入水冰冻起来，然后再从里面一点一点地凿出穹顶。

看上去这不仅需要精确的计算，而且需要十分小心的工程规划，但是实际想起来，却发现这种工程技巧最省时省力，甚至可以说不是非常艰难。比起使用冰砖来修建，这样的方式几乎不需要建造者有工匠的经验。

藏尸阁

和在冰川中发现的冰葬尸体一样，这些很可能是殓葬人员，或者当时的工匠。

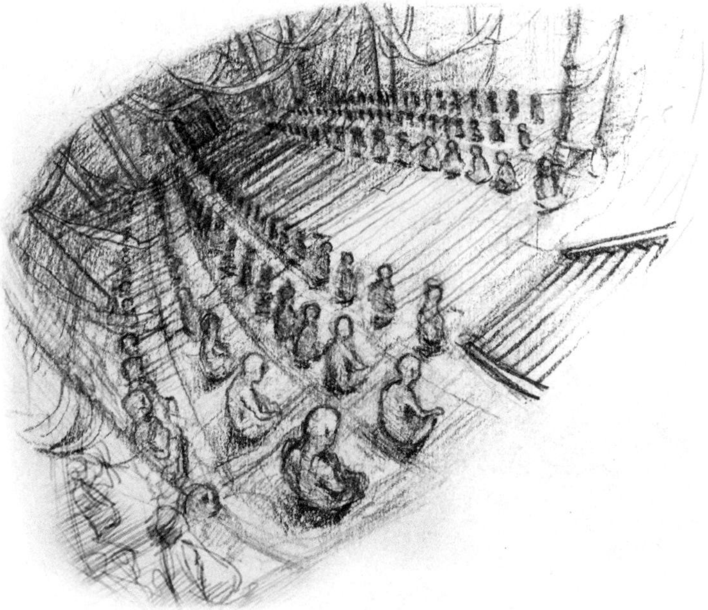

青铜巨门

我目测大约有30米高，我有一些化学常识，如果按照5米的厚度，那么这两扇青铜巨门大概有一千多吨重，绝对没有任何的力量可以推开它们，它们后面是哪里？在它们后面的长白山山底还隐藏着什么秘密呢？

极端繁琐的花纹，找不出一丝蛛丝马迹。当时的东夏国，他们恐怕也无法理解万奴王诞生之地到底是一个什么情形。

真的很想进去看看。

云顶天宫壁画

壁画保存得很好。能看得出这肯定是东夏和蒙古的最后一战。

蜈蚣龙的浮雕，我现在只能凭借记忆将它画下来。这块墓道的封石如果能带出山里，绝对价值连城。

这是和蚰蜒搏斗的场景，显然雪毛子也给东夏人带来了很多麻烦。

无尽的旅途

在格尔木的地下室，可以说是我自从卷入这个巨大的谜题以来，第一次了解了如此之多的秘密。

疗养院的走廊

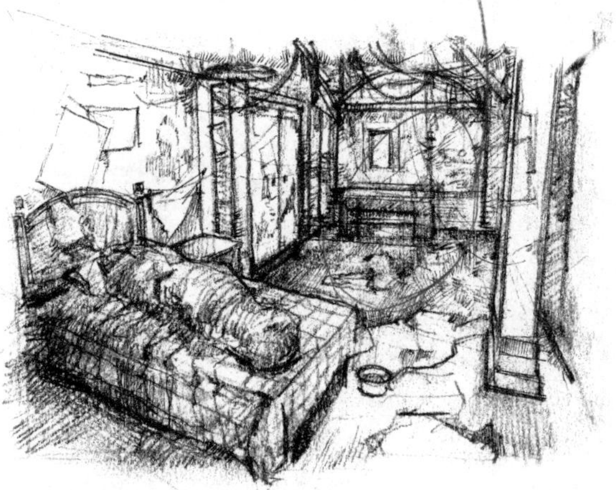

疗养院的房间

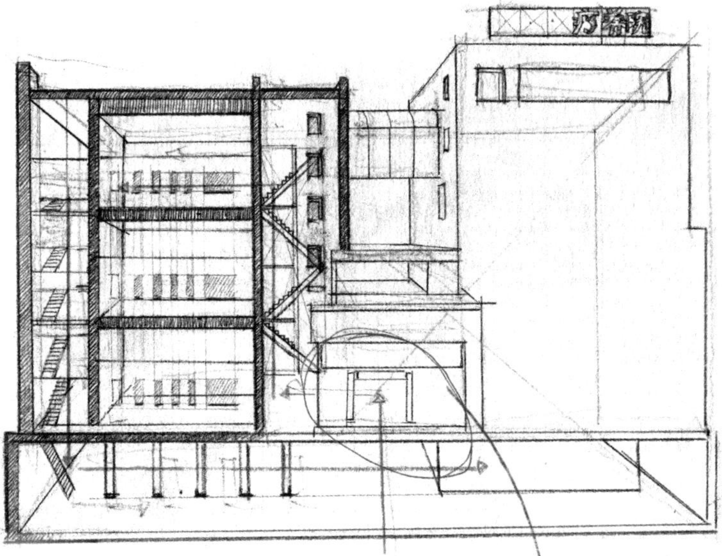

疗养院立体图

疗养院西侧楼的楼梯

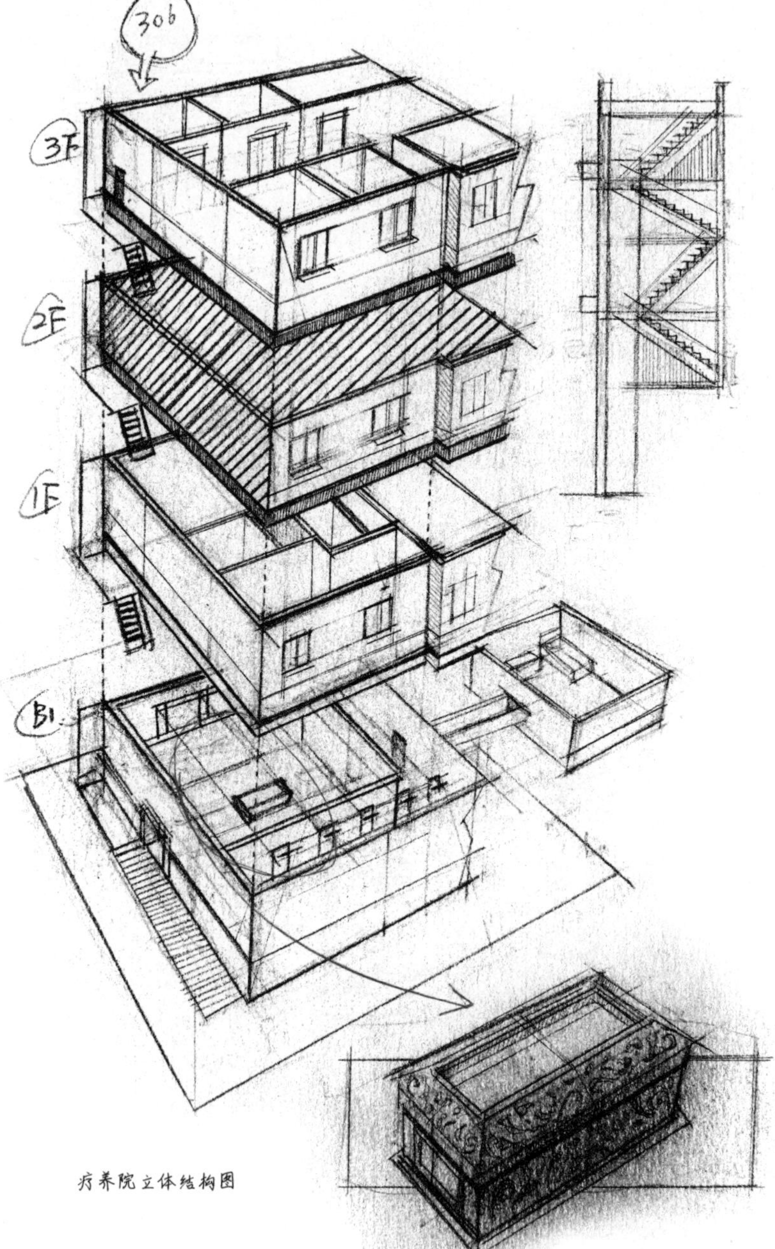

疗养院立体结构图

我一直想写下些什么来，但是我一直不敢动笔。

我不知道我现在所做的，是否是正确的，是否应该为其他人所知道。如果有人通过我的这些文字，也走入了这片旋涡，对于他来说，应该是意味着无妄之灾。而我作为这些文字的始作俑者，也恐怕难逃策划者的罪名。

在这大大小小被包裹着的谜团中，我既在谜团内，又在谜团外，我甚至自己都无法确定，自己到底是局内人还是局外人。

一切如斯，在莲花的层层花瓣之后，我总是看到所有的一切如旧摆在那里。我也许进了一步，然而终究也进得不多，这一切似乎是无尽，又似乎是一个轮回。

没有人知道未来会如何，我也只能不停地走下去。

吴邪

—— 2005 年 于格尔木

按：这是我最后写下的一篇，接下来，我要重新启程去柴达木的深处。我不知道自己是否能回来，如果我一去不回，那么这本东西，能够让别人知道，我到底发生了什么事情。

记住，如果你无法理解我写的东西，也请你不要深究，因为之后，是一个巨大的深渊。

图书在版编目（CIP）数据

吴邪的私家笔记 / 南派三叔著. -- 北京 : 金城出
版社有限公司, 2021.4(2025.11重印)

ISBN 978-7-5155-2176-3

Ⅰ. ①吴… Ⅱ. ①南… Ⅲ. ①笔记小说－小说集－中
国－当代 Ⅳ. ①I247.7

中国版本图书馆CIP数据核字(2021)第056549号

吴邪的私家笔记

作　　者	南派三叔
责任编辑	李凯丽
责任校对	李　涛
开　　本	889毫米×1194毫米　1/32
印　　张	9
字　　数	220千字
版　　次	2021年4月第1版
印　　次	2025年11月第3次印刷
印　　刷	天津睿和印艺科技有限公司
书　　号	ISBN 978-7-5155-2176-3
定　　价	55.00元

出版发行	**金城出版社有限公司**　北京市朝阳区利泽东二路3号　邮编：100102
发 行 部	（010）84254364
编 辑 部	（010）84250838
总 编 室	（010）64228516
网　　址	http://www.jccb.com.cn
电子邮箱	jinchengchuban@163.com
法律顾问	北京同清律师事务所　（电话）13001187977